Jonathan Böhm

Wir sind allein unter den Bäumen

Roman

~~~~~~~~~~

Faber & Faber
~~~~~~~~~~

Anfang und Ende

Eine Woche nach Pfingsten. Für Richard gehen wir noch einmal rein. Weil er sich das wünscht. Später sitzen wir am Ufer unter den Bäumen und rauchen. Die Wellen schwappen sacht gegen die Wurzeln, die hier in den See greifen, und der Wind drückt uns den Geruch nach frischem Wasser in unsere sonnenwarmen Gesichter. Das Wasser glitzert und funkelt grün in der Sonne. Wir sind allein unter den Bäumen.

Wenn wir lang genug hinschauen, sehen wir Richards Gesicht noch zwischen den Wellenkämmen, wie es aus dem Nephritgrün auftaucht, die flache Stirn, die Augenschlitze, seine hohen Wangenknochen, noch Momente unter einer Wasserhaube, dann holt er Luft und taucht wieder ab, im Rücken das Ufer, über dem das Werk aufragt, das Plastewerk, in dem er nach der Schule eine ganze Zeit lang arbeitet, und wenn er uns Geschichten davon erzählt, aus dieser Zeit, bevor er nach Bremen geht, dann hört sich das immer an wie erfunden, wie Märchen, oder etwas, das hier und heute eigentlich gar nicht stattfinden kann, und einmal sagt das, glauben wir, auch wirklich jemand zu ihm, und an der Stelle wird er immer sehr wütend.

Sein Körper gleitet uns entgegen durch das funkelnde Grün. Der See ist an dieser Stelle breiter, als es aussieht, das gegenüberliegende Ufer wirkt so nah, mit seinen großen Trauerweiden.

~~~
~~~

Als wir das erste Mal mit Richard rüberschwimmen, verschätzen wir uns, und genau in der Mitte verlässt uns die Kraft, wir rufen, dass wir umdrehen wollen, aber Christoph und Dora, die schon drüben sind, feuern uns an, ein paar Meter vor uns schwimmen Damaris und Richard und weit hinter uns, mit hastigen Bewegungen, Kristina. Wir sagen, dass wir eine Pause machen, und warten ab, bis auch Kristina an uns vorbeizieht.

Kurz überlegen wir, allen Anfeuerungsrufen zum Trotz umzudrehen, und dann wollen wir doch nicht alleine zurück schwimmen, die anderen sind ja so weit gar nicht entfernt, nur ein paar Züge, oder? Und etwas schlägt gegen unseren linken Oberschenkel, ein Stück Holz, und ein stumpfer Schmerz jagt durch unser Bein, zieht uns unter Wasser, wir wollen uns mit den Armen hochziehen, kriegen das nicht hin, schlucken Wasser tauchen doch auf, wollen schreien, und als wir Luft holen, ist da nur Wasser, und wir müssen husten unter Wasser und ziehen Wasser ein und sinken, verlieren die Orientierung, weil unsere Augen brennen, als jemand unsere Brüste streift und uns hart unterm Kinn greift. Richard zerrt uns durchs Wasser und in den Ufersand, wir husten wieder, uns ist schlecht, wir kotzen Wasser, jetzt spüren wir auch unser Bein wieder und wir hocken mit dem im Krampf verdrehten Bein, über das wir keine Kontrolle haben, halb im Wasser, husten und würgen.

Richard stützt uns, wir versuchen, mit dem Bein mehrmals aufzutreten, und als es wieder geht und alle uns besorgt ansehen, bis auf Damaris, die uns erleichtert anlächelt, ist das erste, woran wir denken, wie sein Arm über unsere Brüste streift, komisch eigentlich, aber wir schauen auf Damaris und ihren türkisen Bikini und ihre Brustwarzen, die sich durch den Stoff abzeichnen, und denken nur daran und wie wir im Konfirmandenlager sind, zwei Wochen vor Pfingsten, und wir neidisch auf Richard sind, weil er Damaris küsst und berührt, nicht, dass wir was von ihr wollen oder von ihm, aber wir hassen es, wenn sie sich in unserem Zimmer unter der Dachschräge einschließen und wir auf dem grau geblümten Sofa vor der Tür sitzen und auf die Deckenpaneele aus Holzimitat schauen müssen und warten, dass wir wieder an unsere Sachen können.

In der Schule nennen sie ihn Russard, weil er mit seinen Schlitzaugen über den hohen Wangen angeblich so russisch aussieht. Wir haben noch nie einen Russen gesehen, aber Richard ist das Modell, mit dem wir alle künftigen Russen vergleichen.

Damaris kommt aus dem Wasser, kleine Tropfen laufen von ihrem Bauchnabel abwärts und in ihr Schamhaar. Sie setzt sich neben uns, streift mit dem Zeigefinger über den blauen Fleck auf unserer Schulter und sagt nichts. Wir schauen weiter auf das Wasser und hören dem Wind zu. Ein bisschen ärgern wir uns über Jakob, dass er nicht noch mit an den See gekommen ist. Christoph schaut auf sein Handy, unsere Mutter hat angerufen, aber nur um zu sagen, dass mit Luise alles o. k. ist. Irgendwann hatte Jakob mal gesagt, er könne nicht aufhören zu lesen, weil er nicht aufhören könne zu denken. Lesen sei für ihn wie Atmen.

~~~
~~~

Wir tragen seinen Sarg, von der Kapelle bis zu dem Loch mit dem frischen Erdhaufen daneben. Die Friedhofsarbeiter haben schon einen Steg am Grubenrand gebaut, drei Seile und dazwischen feste Holzstäbe quer darübergelegt.

Wir nehmen den Sarg von unseren Schultern. Er ist gar nicht mehr so schwer wie am Anfang, im Gegenteil, je näher wir dem Grab kommen, umso leichter scheint er zu werden. Hinter uns läuft die gesamte Familie. Eine ganz schön große Familie, mindestens sechzig Leute. Denn eigentlich sollte es ja ursprünglich gar nicht um Richard gehen, sondern um seinen Cousin. Seine Eltern, die leise schluchzend hinter uns laufen, hatten uns gefragt, ob wir mit Richard nicht dazu was singen wollten, weil wir zu Pfingsten sowieso alle in der Stadt wären.

Wir greifen in die Seile, einer zieht die Stäbe unter dem Sarg fort, und dann lassen wir Richard ganz langsam hinunter, Damaris genauso wie Jakob, Dora, Christoph und Kristina. Fast sieht es so aus, als ob wir Richard nicht aus den Händen geben wollen, und vielleicht ist es auch so, aber vielleicht auch nicht, jedenfalls gerät der Sarg für einen Moment in eine leichte Schieflage.

Damaris legt sich ein Handtuch um die Schultern, kramt in ihrem Beutel und wirft uns ungefragt Äpfel zu. Das Fürchterliche ist diese Taubheit in uns drin. Wir können alles um uns herum sehen, aber es geht durch uns hindurch, und Richards Tod ist ein Irrtum, er wird hier gleich zwischen den Salweiden hindurchkommen, von denen wir ohne seine Geschichten auch nie erfahren hätten, dass es sie überhaupt gibt, und er wird fragen, warum wir ohne ihn reingegangen sind.

Der Sarg setzt unten auf, die Seile erschlaffen, wir lassen die Enden los und ziehen die Seile auf der anderen Seite hoch. Wir treten beiseite und schauen zu, wie die Eltern, wie sein Cousin, wie die ganze Familie jeder eine Handvoll Erde hinabwirft, ganz zum Schluss treten wir vor das Grab. Richards Mutter hat uns zum Leichenschmaus eingeladen. Sie wartet auf uns am Tor zum Waldfriedhof, um noch mal zu fragen, ob wir kommen.

Christoph sagt, dass wir nachkommen, wir wollen vorher noch mal an den See, sie nickt und lächelt kurz, sie versteht.

Dann nehmen wir die Straßenbahn und anschließend den Bus, der zum Plastewerk fährt, steigen an vertrauter Stelle aus und laufen durch das hohe Gras zum Ufer.

Die Wellen schwappen sacht gegen die Wurzeln, die hier in den See greifen, und der Wind drückt uns den Geruch nach frischem Wasser in unsere sonnenwarmen Gesichter, im Mund schmecken wir noch den Apfel, den uns Damaris vorhin zugeworfen hat. Das Wasser glitzert und funkelt grün in der Sonne. Wir sind allein unter den Bäumen.

Damaris

~~~~~~~~~~
~~~~~~~~~~

Die Luft war lau, und mein Schatten fiel auf den Platz vor dem Hauptbahnhof, wo in einem Brunnen zwei Obdachlose badeten. Auf einem Kofferberg in der Mitte des Platzes saß eine Frau und spielte Mundharmonika in das Plätschern, ein paar Taxifahrer dösten auf den umgeklappten Sitzen oder raschelten unter den eingeschalteten Kabinenlampen mit ihrer Zeitung. Im Hintergrund fuhr eine Straßenbahn, es duftete nach Wasser und Ruhe in dieser Stadt.

Meine Reisetasche über der Schulter lief ich am Bahnhofsgebäude entlang und durch den schmalen Fußgängertunnel unter den Gleisen hindurch, in dem nur zwei Neonröhren, besät mit Motten und anderem Geschmeiß, stille flackerten. Brunnen und Mundharmonika verschwanden hinter mir, und ich lief durch die Straße Zum Bahnhof vorbei an der alten Reichsbahndirektion und in die Paulsstadt. In den erleuchteten Fenstern saßen Menschen an Tischen, sortierten Decken oder Handtücher in einen Schrank, hatten ein Telefon am Ohr, standen am Fenster, schauten hinunter auf die Straße, auf der ich gerade lief, oder zogen, ein Kind auf dem Arm, die Vorhänge zu.

Und ein Kobold lief neben mir, der mir Geschichten eingab und mich aufforderte, ihm nachzusprechen. Flüsternd sprach er mir die Namen der Straßen und Plätze zu: Grunthalplatz, Severinstraße, Zum Bahnhof, Paulsstadt, Mehringstraße ... Auf dem Platz der Freiheit kreuzten sich die Straßenbahngleise und glühten unter den Laternen ins Dunkel, bis eine hell erleuchtete Bahn einrollte, in der die Menschen an Schlaufen hingen und vor sich hinsahen oder auf ihre Telefone, und in der Bäckerstraße standen hinter jedem zweiten Fenster Bücherregale.

~~~

Es ist seltsam, Eltern zu haben, einen Vater, der im Schein der Korblampe am Küchentisch sitzt und die Kreuzworträtsel der letzten sieben Wochen löst, und eine Mutter, die dabeisitzt und mit dem Kalligrafiestift geschwungene Buchstaben in Glückwunschkarten zur Konfirmation malt und in jede der Klappkarten einen Zehn-Euro-Schein legt. Seltsam auch, wie warm es sein kann, selbst wenn niemand heizt. Mein Zimmer am Ende des Ganges riecht ein wenig nach Staub. Ich schalte die Schreibtischlampe an und sitze lange, schaue mir die Weltkarte an, fahre mit dem Finger von der Sowjetunion nach China, nach Algerien. Unter meiner linken Hand liegt Deutschland noch geteilt. Vor achtzehn Jahren war das auch wirklich noch so und ich staune, wie die Zeit vergeht. Es fühlt sich seltsam an, wenn ich auf das Bett schaue, hellgrau, wie mein Schreibtisch und der Kleiderschrank, das Mobiliar aus dem Studentenzimmer meiner Mutter. Dieses Bett, weiß bespannt mit kaltem Leinen, in dem ich immer alleine gelegen habe, nie hätte ich mich getraut, meine Freundin mit nach Hause zu nehmen, wie oft habe ich davon geträumt, mit Damaris hier liegen zu können. Seltsam ist es, wenn die Mutter mich fragt, wie es denn so sei im Westen, mein Vater sieht auf und senkt seinen Blick wieder auf das Rätsel. »Im Westen«, als ob ich aus einem fernen Land käme, unvorstellbar, was sich dort abspielt, und
~~~

ich erzähle ihnen von den gekachelten Häusern und dass es eigentlich aussieht wie hier in Schwerin, und von meinem Nachbarn, der in der *Beckschen Brauerei* als Mälzer arbeitet und der mir die Hälfte von seinem Deputat abgibt.

~~~

Am nächsten Nachmittag gehe ich am Pfaffenteich entlang, hinter dem der Dom aufragt, und das Licht schillert über dem Wasser in den Farben des Regenbogens, der aus der Mitte des Sees sprudelt. Der Kobold läuft vor mir her, nennt sich Petermännchen und lacht. Petermännchen ruft, draußen vor der Stadt trocknen die Bahndämme, und jeden Tag brennt es an den Straßen und Gleisen, der Verkehr kommt kaum noch in die Stadt hinein, und hier auf dem See schaukelt eine kleine Fähre die Touristen herum. Am Domhof sitzen Schüler in einem Café unter Schirmen und loben den Dativus Commodi, preisen den Aorist und prosten den Partizipien zu.

Auch ich habe in diesem Café gesessen und mich betrunken. An jenem Tag hatte unsere Lateinlehrerin den Kurs gezwungen, anlässlich eines Totengedenkens für die Soldaten des Zweiten Weltkriegs zu sprechen, und weil wir der Leistungskurs waren, sollten wir die Totenrede halten, nicht auf Latein, denn darum ginge es nicht, es sei eine Ehrbezeugung, die wir den jung gefallenen Soldaten schuldig seien. Leistung, sagte sie. Ein andermal erzählte sie uns, ihr sei vom Schicksal das Recht auf Leistung verwehrt worden. Als junge Frau hatte sie in der Volleyballnationalmannschaft gespielt, sogar bei den Olympischen Spielen hatte sie antreten
~~~

sollen, aber zwei Tage vor der Abfahrt war sie aus Versehen mit dem Absatz ihres rechten Schuhs in die schon nicht mehr benutzten Schienen in der Puschkinstraße getreten und stecken geblieben und hatte sich dabei dermaßen das Knie verdreht, dass sie danach nie wieder Volleyball spielen konnte.

Deshalb mussten wir nun im Nieselregen auf dem Friedhof stehen und unsere Texte über die Gräber der toten Soldaten, erfroren in Russland oder vermisst im Wüstensand vor El Alamein, sprechen, und so strich ich mir die nassen Haare aus dem Gesicht und deklamierte den Text, nur mit Mühe konnte ich durch die beschlagene und betropfte Brille die Buchstaben erkennen, und während ich sprach, spürte ich, wie der Boden unter mir ein Stück nachgab. Als die Reihe an meinen Nebenmann kam, puffte ich ihn in die Seite, er solle vor das Grab treten. Und so las er weiter und trat vor das Grab, und vielleicht stolperte er oder der Boden gab unter ihm nach, jedenfalls ging er gegen seinen Willen vor den toten deutschen Soldaten auf die Knie, denen er einen Text vorlas, den sie vielleicht nicht einmal als Lebende verstanden hätten, in dem es darum ging, dass die Jugend sinnlos zum Opfer geworden war. Er las zu Ende und stand auf und trat mit erdverkrusteten Knien zurück ins Glied, während der Nächste, einer, der unbedingt zur Bundeswehr wollte, vortrat und seinen Text las, über das zu junge Sterben und in dem leise das *Dulce et decorum est pro patria mori* erklang.

~~~
~~~

Wir proben für die Konfirmation im Gemeindehaus: Sophie, Christoph, Dora, Jakob, Kristina, Damaris und ich. Wir singen die Lieder, die alle noch können, wie *Ubi caritas*. Wir brauchen fast keine Noten, und es stimmt von Anfang an, wir tasten uns vorsichtig aneinander heran, aber wir finden uns sicher, wir werfen Blicke in die Runde und singen: »Aller Augen warten auf dich, Herre, und Du gibest ihnen ihre Speise zu seiner Zeit.«

Luise ist unter einem Stuhl eingeschlafen, ihre Wangen sind rot, und egal, wie lange ich hinsehe, sie sieht weder Christoph noch Sophie ähnlich, und ich denke plötzlich, dass ich nie Kinder haben werde, und der Gedanke macht mir keine Angst, ein bisschen traurig stimmt er mich vielleicht. Damaris sitzt von allen am weitesten von mir entfernt. Sie war das erste Mädchen, in das ich richtig verliebt war, die Erste, mit der ich geschlafen habe und seither auch die Letzte.

Pastor Fleischmann trägt einen Kasten Bier herein. Petermännchen steht auf dem Etikett, und der Kobold darauf lacht. Die Fenster werden geöffnet, und der Lindenduft weht herein. Pastor Fleischmann öffnet uns die Flaschen, er zündet sich eine Pfeife an und hört belustigt zu, was wir zu erzählen haben, vom Vorspielen an der Schauspielschule, von Umwelttechnik und einer Firma für dezentrale Energieversorgung, von Studienabbrüchen oder wie es ist, den Kirschgarten zu kürzen, dann erzähle ich etwas von Bremen und Computergrafik, und zuletzt sagt Damaris etwas über ihre Liebe zu Äpfeln, Apfelblüten und den Bäumen im Alten Land. Wir trinken noch eine Flasche, und Pastor Fleischmann beginnt zu lallen, er klopft seine Pfeife im Aschenbecher aus und schwankt in den Flur, ruft einen Gruß, sagt, dass es schön war mit uns und bis morgen.

Am liebsten hätte ich im Jahr vor dem Abitur die Zeit angehalten, um nichts von dem, was ich erlebte, je zu verlieren. Wie zum Beispiel Frau Schaffranek ihr langes Blondhaar zum Zopf geflochten hatte, wie sie diesen Zopf über die Schulter nach vorn geworfen trug und wie sie, ihre Bücher unter dem Arm, in das Klassenzimmer geschwebt kam, als müsste sie keinen Schritt tun, als glitte sie auf unsichtbaren Rollen über den grün glänzenden Linoleumboden des Kellergeschosses, in dem unser Klassenzimmer lag, Rollen, die unter ihren bodenlangen Kleidern verborgen waren. Jedes Mal, wenn sie den Raum betrat, blieb sie eine Weile im Türrahmen stehen, blickte einen von uns ernst an und schwebte schließlich zu ihrem Tisch. Einmal berührte sie mich nach einer Stunde sanft an der Schulter und raunte mir wollüstig zu: »Du bist auch so ein Steppenwolf«, und ließ ihren Arm einen Moment zu lang auf meinem. Die Stunden bei ihr waren wie ein Rausch, wie Likörwein flossen die Gedanken und Worte in mich und machten mich müde und schwer. Und saß ich später in der Biologie- oder Geografiestunde, dröhnte mir immer noch der Schädel, war uns allen schwer zumute, denn wir mussten bei Frau Schaffranek Parabeln und Hörspiele schreiben, Essays und Kurzgeschichten. Wir sollten wie Beckett, wie Borchert sein, sagte sie, wir sollten fühlen, was es heiße, eine Generation zu sein, die den Krieg im Rücken und die Ruinen vor sich hat, und wenn der Hausmeister gerade den Hof fegte, dass es staubte, öffnete sie die Fenster und ließ die Staubwolken in das Klassenzimmer, bis wir das Blatt, auf dem wir schrieben, kaum noch sehen konnten, bis uns die Staubkörner in den Augen rieben und wir husten mussten wie einst die Zusammengekauerten in den Luftschutzkellern. So kapitulierten wir, wurden besetzt, bauten Deutschland aus den Trümmern wieder auf und spalteten uns in zwei Staaten, ein jeder suchte sich seinen Platz in dem einen oder anderen; war bei denen drüben einer Kurt Schumacher, Gottfried Benn oder Ingeborg Bachmann, war bei uns einer Otto Gotsche, eine andere Hilde Benjamin. War ich erst eine Zeit lang Johannes R. Becher, kurz auch Kurt Bartel, fand ich schließlich, als die Mauer lange schon gebaut war, meinen Platz als Heiner Müller, der eines Tages, eine Zigarre rauchend und einen Whisky trinkend, vor der Klasse saß und erzählte, wie er ein Theaterstück über die Kollektivierung der Landwirtschaft verfasst hatte, das sofort verboten wurde. Am Ende der Stunde kam Frau Schaffranek erschrocken zu mir, fasste mich wieder am Arm und fragte, ob der Whisky etwa echt sei, und als ich bejahte, hauchte sie, ob sie auch einen Schluck haben könne, sie habe einen solchen Husten. Und ich gab ihr die Flasche und sie nahm einen kräftigen Zug. Aber ich hätte gar keinen Whisky gebraucht, ich war auch so berauscht von diesen letzten Stunden vor den Sommerferien, den letzten unserer Schulzeit, Stunden, nach denen wir alle aus dem Klassenzimmer im Kellergeschoss schwankten. Die, die noch Kraft hatten, liefen zu ihren anderen Kursen oder heim, in mir drehte sich alles, ich spürte, wie der Alkohol dieser Stunden in mir wogte und schwappte, ich drehte mir oft eine Zigarette und saß auf der Treppe vor der Schule und sah die im Sonnenlicht vorbeischlendernden Passanten, die vom Lobedanzgang her auf den Totendamm einbogen und hinuntergingen zum Marienplatz, die Männer mit Jacketts über den Armen und Frauen mit in das Haar gesteckten Sonnenbrillen, aber von der Zigarette und dem Tabak mit dem Vanillearoma wurde mir nur noch übler, schon nach der Hälfte drückte ich meine Zigarette auf den Stufen aus und ging mit matten Beinen hinterher. Vor den Glastüren zur Ladenpassage stand tagsüber ein Mann, der den Eintretenden etwas zurief über den kommenden Krieg, und seine Stimme klang wie der Ton von Reibeisen. Aber alle taten so, als hörten sie ihn nicht, ängstlich warfen sie ein paar Münzen in den Hut zu seinen Füßen und liefen weiter oder steckten sich schon vorher die Knöpfe ihrer Kopfhörer ins Ohr und stellten die Musik laut, wechselten die Straßenseite und vermieden es, den Mann, der auf der Wange ein Hakenkreuz trug, anzusehen, der ab und zu ein besonderes Schauspiel aufführte, indem er seine Zigarette nicht in den Mund, sondern in den Tubus steckte, der mit schmutzig weißem Verband in seiner Fossa jugularis fixiert war. Und immer, wenn er rief, kam Rauch aus seinem Tubus wie aus einem kleinen Schornstein.

~~~

Zwei Wochen vor den Sommerferien fiel die Mauer. Menschen strömten durch die offenen Grenzübergänge an den hilflosen Polizisten vorbei. Wir sahen Filme und erinnerten uns selbst dunkel, wie wir an den Händen unserer Eltern in der Dämmerung durch die Straßen gelaufen waren, den Kerzen und Bannern hinterher, wie aus zwei Deutschlands eines wurde, und wir verhandelten eine Woche vor dem Zensurenstopp über die Vereinigung der Akademien der Künste in
~~~

Berlin. Ich war im Leitungsgremium des Berliner Ensembles, und weil alles so gut über die Bühne ging, öffneten Verena und Antje, die hinter mir saßen, eine Flasche Freiburger Sekt. Dann fingen wir an, uns zu verdächtigen, und fragten uns, wer wen wohl bespitzelt haben mochte, wir gingen in die Archive und fanden Berichte mit geschwärzten Namen, und trotz der geschwärzten Namen erkannten wir einander, und viele verloren ihre Arbeit, einige durften die frei gewordenen Stellen bekleiden, jemand warf mir auf einem Volksfest vor, ich litte an Doppelmoral, da ich einmal in einem Interview in den '80er Jahren bei Whisky und Zigarren gesagt hatte, wenn ich die *Frankfurter Allgemeine* läse und an die Türme der Deutschen Bank oder der Commerzbank dächte, wäre ich schon sehr froh, dass diese Leute bei uns nichts mehr zu melden hätten. Und weil der neue Staat nicht der meine war, gegen den ich so schön hatte kämpfen können, schrieb ich keine Stücke mehr, nur noch Gedichte, trat im Fernsehen auf, heiratete und wurde Vater einer Tochter. Am Tag der Zeugnisausgabe starb ich an Kehlkopfkrebs.

~~~

»Wo ist eigentlich der Mann mit der Boxernase hin?«, fragt Dora, »der immer in der Mecklenburgstraße mit der verstimmten Gitarre stand und Bob Dylan imitierte? Wo ist der Mann mit dem Tubus in seiner Fossa jugularis, der am Marienplatz auf die Leute einschrie?«

Die anderen haben ihn vergessen. Ich nicht. Leute wie ihn fuhr ich in der Klinik täglich umher, vor die Tür zum Rauchen oder zur Bronchoskopie. Oft mussten sogar zwei Pati-
~~~

enten gleichzeitig zum Lungenfunktionstest, zum Röntgen, zur Dialyse, zur Magnetresonanz- oder Computertomografie, und ich schob dann zwei Rollstühle parallel ... Oder die Schwestern schickten mich ins Medikamentenlager, weil sie auf der Station Alprazolam, Maxalt, Jod und Bor, Zyprexa oder Mullbinden brauchten, die ich dann in kleinen Paketen trug, und nebenbei holte ich manchmal noch einen kleinen Jungen von der Chemotherapie und setzte ihm die Kiste auf den Schoß, und er bewachte sie voller Stolz, auch ein Bote zu sein, eine Funktion, eine Bedeutung zu haben, und so fuhren wir zur pädiatrischen Abteilung zurück, wo gleich hinter der Tür eine Gruppe blasser Jungen und Mädchen in Rollstühlen die Wiederkehr ihres Freundes erwartete. Ich war ein Fährmann, der die Menschen über die Flüsse aus blaugrauem Linoleum übersetzte, so auch, als ich einen Mann zum Tomografen fuhr, aus seinem Bett mit dem gelben Luftkissen hatte er noch den dünnen Arm gehoben und der Schwester im Vorbeifahren gewinkt, als wir den Stationstresen passierten, seine eingefallenen Wangen und Augen hatten sich danach entspannt und er war mit dem Klemmbrett auf dem Bauch ein wenig eingenickt. Die Neonleuchten auf den Fluren schickten Schatten über sein Gesicht, und still schob ich das Bett, dessen Räder ganz leicht quietschten, und ganz leicht war auch sein Körper, als die Schwester und ich ihn in der Tomografie aus dem Bett hoben, als wir ganz vorsichtig, um die wundgelegenen Stellen an seinem Rücken nicht zu berühren, unter die Arme und den kaum noch vorhandenen Po griffen, die Assistentin legte ein Papiertuch auf die Bahre, und der Mann lächelte mich noch an, bevor er einfuhr in diese Röhre, diesen erleuchteten Schacht, aus dem es laut brummte. Der Arzt sah sich das Wachstum des Körpers auf dem Bildschirm an, Kopf und Schultern, Arme und Rumpf, deutete auf verschiedene Punkte, dann winkte er nach mir, gab mir das Klemmbrett für die Station wieder, sagte zur Schwester etwas über die spinale Metastasierung und ging mit wehendem Kittel davon. Als wir schließlich den Mann aus der Röhre zogen, hatte das Summen aufgehört, seine Wangen waren ein bisschen rosig geworden und seine Augen sahen freudig durch mich hindurch. Er schien zu lauschen, was um ihn herum geschah, die Schwester fasste nach seiner Hand und streichelte seine Stirn, lächelnd sagte sie, dass er jetzt zum Mittag auf die Station gebracht würde, aber er sah nur lächelnd durch sie hindurch und sie lächelte auch, schließlich fühlte sie nach seinem Puls und das Lächeln fror ein, sie beugte sich hinunter, zog einen kleinen Taschenspiegel aus ihrem Kittel und hielt ihn an seinen Mund und als sie sah, dass er nicht beschlug, richtete sie sich auf, atmete tief ein und sofort wusste ich, dass ich wieder einmal nicht auf die Station zurückkehren würde, dass er offenbar keine Lust oder Kraft mehr gehabt hatte, mit der spinalen Metastasierung zu kämpfen ... Und dabei kannte ich seinen Namen nicht einmal, was mochte wohl sein Beruf gewesen sein? Gab es eine Frau oder Kinder oder Enkel, jemanden, der bald im Krankenhaus neben dem Leichnam stehen und trauern würde, oder gab es niemanden?

~~~

Damaris beobachtet mich skeptisch, während ich erzähle, und als ich ans Ende komme und sie aus dem Raum geht,
~~~

will ich auch für mich sein und gehe in das Nebenzimmer.

Wenn ich jetzt aus dem Fenster schaue, sehe ich die Schelfkirche, das Mondlicht scheint durch die schlierigen Kirchenfenster, auf das schwarze Gestühl und das Altarkreuz, unter dem morgen mein Cousin sitzen wird. Weiß lächeln die Fugen zwischen den Backsteinen. Unten klackern Schritte, und ich beuge mich über das Fenstersims wie über einen Brunnenrand. Im Nachbarhaus kreischt eine Frau auf und es brüllt ein Mann, Geschirr wird geworfen. Und im Vorübergehen küssen sich zwei Schatten vor dem leer stehenden Rathaus der Schelfstadt, dessen Fenster man mit Lochblechen verschlossen hat. Das Laub der Linden zittert leise, während über den Kirchenportalen die Putten schlafen. Das Paar bleibt an der Ecke stehen und küsst sich wieder, dass es knallt, dann reißt sie sich los. Ein alter Mann wühlt in den Mülleimern an der Haltestelle und ein Bus fährt ein, aus dem zwei Frauen steigen.

»Das ist einfach zu viel für einen alleine. Ich bin das ganze Wochenende abends allein auf der Station, der Zivi darf die Spastikerin gar nicht waschen, und dann die Berichte, die geschrieben werden wollen.«

»Na dann setzen Sie die Kinder doch einfach vor einen Film und schreiben in der Zwischenzeit die Verhaltensberichte.«

»Du bist mir so was von egal.«

»Lassen Sie sie doch zum Beispiel *Harry Potter* sehen.«

»Um Himmels willen, die schlagen sich doch hinterher die Köpfe ein.«

»So? Ich bin Dir also egal, weißt Du, was Du für mich bist, Du bist eine Schlampe.«

»Na, und dann? Dann schreibst Du das in den Bericht und Dr. Fuchs schraubt am nächsten Montag die Dosis Ritalin hoch. Wo ist das Problem?«

»Wir sind eine Kinderpsychiatrie. Kein Kino!«, und schon waren sie um die Ecke verschwunden.

Das Liebespaar ist zurückgekehrt, im Schatten der Kirche schiebt er seine Hand unter ihr Kleid, aber sie schaut in meine Richtung, sodass ich Angst habe, dass sie mich entdecken könnte, und deshalb trete ich hinter die Vorhänge zurück und beobachte durch den Schlitz zwischen den bronzefarbenen Stoffhälften, wie sie mich ansieht, sanft die Augen schließt und den Kopf in den Nacken legt. Ob sie wissen, dass der Boden unter ihnen ein Friedhof war, dessen Mauern bröckelten und auf dem die Bauern schließlich sogar ihr Vieh weiden ließen? Hin und her sehe ich den hellen Stoff ihres Kleides glänzen.

Dann schließen die Kneipen, *Zum Freischütz*, *Komplex*, das *Café Antik*, *Der Speicher* und das *Kunterbunt*. Irgendwo erbricht sich eine Frau, und an der Ecke Landreiterstraße schreit jemand »Aber ich bin Deutscher!«

Der andere schlägt ihm mit der Faust ins Gesicht und sagt: »Na und?«

Durch die Tür höre ich die anderen lachen. Dann flitzt ein Lichtkeil durchs Zimmer und verlischt. Damaris fragt mich, ob ich mitkommen will, Schnaps holen für die letzte Runde, und ich sage ihr, dass ich Lust habe, schwimmen zu gehen, weil heute mein erster Abend seit langem hier ist, weil ich das immer so mache, dass ich von Mai bis Oktober an meinen ersten Abenden, wenn ich wieder mal in der Stadt bin, hier schwimmen gehe. Sie lacht, und ihre Zähne leuchten weiß im Mondlicht. Wir gehen die Schelfstraße hinunter zum Ziegelsee, gehen so nah beieinander, dass ich nach ihrer Hand greifen könnte, aber ich tue es nicht.

Als wir uns ausziehen, hält sie Abstand. Wir gleiten ins Wasser und ich sage ihr, dass ich vor unserem ersten Kuss Angst hatte. Angst, den ersten Schritt zu machen, Angst, dass ich sterben könnte, wenn sie mich küsst, und sie lacht, aber leiser als früher, was für ein Dummkopf ich doch sei. Sie spritzt mich nass, dann ich sie, sie taucht ab und plötzlich vor mir auf, drückt mich unter Wasser, ich kann nichts sehen und im Auftauchen streife ich mit der Hand ihre Hüfte. Wir sind uns kurz ganz nahe, aber es passiert nichts.

Der Tankwart zählt schon das Geld, aber Damaris kennt ihn, ich weiß, dass sie miteinander geschlafen haben, das war lange bevor sie ihre Leidenschaft für die Apfelbäume im Alten Land entdeckt hatte. Wir kaufen zwei Becherovka, als es an die Scheibe klopft: ein bulliger Mann, sicher nicht älter als wir, den ich nicht kenne. Der Tankwart winkt ab, er wischt mit einem Tuch die Scheiben von innen sauber und ich schneide eine Grimasse. Der Bullige zeigt mir einen Vogel und verschwindet.

Als wir an den Zapfsäulen vorbeigehen, wird gerade das Licht ausgeschaltet, wir bleiben kurz stehen, Damaris Hand fährt meinen Arm hoch, erreicht meine Schulter, dreht mich zu sich. Ich spüre noch, wie ihre Haare unsere Gesichter verdecken, ihre Lippen sind ganz weich und schmecken süß, ein Fön bläst alle meine Gedanken fort, als jemand mich bei meinem Namen ruft. Der Bullige ist wieder da, tritt vor uns hin, ich sehe noch den Schlagring an seiner rechten Hand, und Damaris schreit.

Fee

Der junge Wachmann mit dem Daumen hinter dem Gürtel, an dem die Stabtaschenlampe hing, stand beim Lager für die Kunststoffröhren und sah zu, wie Olga die Schiebetüren der Waggons aufriss und Jakob den zu Ballen gepressten Plastemüll mit dem Kran aus den Waggons hob. Neben ihm ließ eine Salweide, die wegen ihrer Kätzchen von den Menschen gefleddert worden war, ihre Zweige hängen. Der junge Wachmann betrachtete einen Haufen alter Röhren, Fallrohre für die Kanalisation, und lief ein paar Meter auf seiner vorgegebenen Runde weiter, bis zu dem flachen Metallkopf, der in die Wand eingelassen war und gegen den er seine Stabtaschenlampe hielt, bis es kurz piepte.

Und er betrachtete den Berg aus Plastemüll, die Haufen verblichener Shampooflaschen, zerbrochener Bildschirmgehäuse von Computern, verrenkter Fensterleibungen, Haushaltswaagen und anderer Messgeräte. Er betrachtete den Haufen Tastaturen, die nach einem Großbrand unbrauchbar geworden waren, offenbar von derselben Firma, sie bleckten ihre Tasten gegen den Mond, ähnlich den Mündern von Toten, zwischen den Kabeln schillerten Tropfen von schwarzem Glas und Reste von Schaum. Über den Tastaturen, oben auf dem Gipfel, lag ein Puppenbettchen und in das Kopfende war ein Bild eingelassen, auf dem ein Mädchen schlief und eine Fee in einem fast durchsichtigen Kleid und mit ebenso durchsichtigen Schmetterlingsflügeln über einem Wasser schwebte, mit dem Zauberstab zeichnete sie eine Sternenspur über dem schlafenden Körper.

Der junge Wachmann wurde blass, gebannt schaute er auf das Bild, zog sein Telefon aus der Tasche, überlegte kurz, fand, es würde egal sein, doch als er wieder auf das grün leuchtende Display blickte, fehlten immer noch siebeneinhalb Stunden. Die leeren Waggons rollten ab, und Olga wartete auf den nächsten Zug, der kurz darauf mit sacht quietschenden Bremsen einfuhr, bevor der Dieselmotor der Lok mit einem letzten Zittern der Haube verstummte. Dann öffnete sie der Reihe nach die Schiebetüren der Waggons, kontrollierte mit einer Taschenlampe das Innere, und Jakob hob mit dem Kran die Ballen heraus und lenkte sie über die Führungsschiene in die Werkshalle, wo sie zu den Maschinen gebracht wurden, die aus dem Müll wieder neues Granulat herstellten.

»Hej, Du«, sagte Olga, »wir haben so geschwitzt, wir würden nachher mit den Jungs gerne schwimmen gehen. Du siehst nichts, wenn wir nachher durch den Zaun klettern.«

»Kleine Fee«, sagte der Wachmann, und zeigte mit der Stabtaschenlampe auf das Puppenbett.

»Meine Glücksfee«, sagte Olga und zeigte auf den Wachmann, »aber schulden wir Dir noch was?« flüsterte sie und berührte seinen Pulloverärmel, an dem das Symbol der Sicherheitsfirma aufgenäht war.

»Verschwinde«, sagte der Wachmann, »wenn Ihr das macht, muss ich es melden.«

Und sie strich zärtlich über seine Hand und lächelte, denn sie wusste, dass er damit gerade sein Einverständnis gegeben hatte, und sagte: »Danke.«

Hinter dem Werk lag in einer Senke der See, in dem die Sterne auf den Wellen schaukelten und an dessen Ufern ein weißer Schaumrand wuchs.

Der Wachmann lief zum nächsten Kontrollpunkt in der Halle, streckte die Taschenlampe gegen den Metallkopf. An der Maschine für die Bodenplatten hatten sie das Granulat schon eingefüllt, und der graue Brei schob sich durch die Extruderschnecken, und die Halle füllte sich mit dem Geruch nach Erbrochenem.

Er hörte, wie die Überdruckventile pfiffen, und sah, wie der Dampf, der ihnen entwich, zur Glasdecke der Halle emporstieg, wo er abkühlte und manchmal in feinen Tropfen herabregnete. Die ersten Bodenplatten für die Rohmassetanks kamen aus der Presse. Ganz vorn an der Maschine schraubten zwei Mädchen aus dem Jugendarrest die Füße an, die neben ihnen im Stahlkorb bereitlagen, schubsten die Platte über die Rollen weiter zu Ciska, die legte die Seitenteile ein, die im Halbminutentakt bei ihr ankamen, und drückte die Aluminiumscharniere in die Ösen, schubste das Ganze zu Linda weiter, die den Tank aufklappte, prüfte, wieder einklappte und ihm den Deckel aufsetzte, um ihn auf die Palette zu stellen. Wenn zehn Stück übereinanderstanden, pfiff sie nach Herrn Stetzuhn mit dem Gabelstapler, der alles auf den Hof zur Lagerung brachte.

Am Band für die Bodenplatten musste man schnell sein, im Halbminutentakt spuckte die Maschine die Platten aus, jede zwanzig Kilo schwer. Und wer die Füße montieren musste, wurde von keinem beneidet, die noch heißen Platten ließen sich nur schwer umdrehen, dann wurden die Füße angeschraubt, anschließend musste die Platte wieder umgedreht und weitergeschoben werden. War einer der Arbeiter zu langsam, dann spuckte die Maschine die nächste Platte schon aufs Band, und wehe, wenn der seine Finger nicht rechtzeitig wegzog. Der Wachmann erinnerte sich, in ihrer ersten Nachtschicht hatte Olga zur Feuertaufe die Füße montieren dürfen und war dabei so langsam gewesen, dass sie am Ende der Schicht ganz blaue Hände gehabt hatte. Und die Wunden an ihren Fingern hatten in den Arbeitshandschuhen festgeklebt, dass sie sie nicht ausziehen konnte und nach Schichtende wahrscheinlich sogar mit den Handschuhen ins Bett gegangen war, sie noch den halben nächsten Tag anbehielt, die anderen hatten sie dafür ausgelacht.

Der Wachmann trat aus der Werkshalle, lief über den Hof mit den Stapeln an Rohmassebehältern, die im Mondlicht still glänzten, überquerte die Gleise, die an der Seite der Halle vorbeiführten, und kam wieder zum Lager mit dem Plastemüll. Und er sah immer tiefer in das Bild am Kopfende dieses Puppenbetts, über Hunderten von schäumenden Mündern thronte das Bett, und als er an seinen Hosenträgern unter dem Pullover rückte, spürte er, dass ihm die Gummiriemen die Flügel abschnürten, und ahnte schwach, warum ihn Kollegen in seiner Firma »Glücksfee« nannten.

Gegen eins kam die Ablöse und die Mädchen gingen in die Pause. Sie setzten sich zu Stetzuhn und Jakob auf die Terrasse vor der geschlossenen Kantine und aßen ihr Brot.

»Gehen wir schwimmen?«, fragte Olga.

»Wenn's die Glücksfee erlaubt hat«, sagte Jakob. Im Hallentor erschien die Silhouette des Schichtleiters, er zog seine Rollschuhe aus und ging zum Lokführer, der im Lichtkegel der Peitschenlampe stand und an der Kupplung der Werkslok herumschraubte, sie rauchten zusammen.

»Bestimmt«, sagte Herr Stetzuhn. Die Geräusche aus der Halle und der Wind in den Bäumen ließen für Momente vom See her das Gekicher von Frauen zu ihnen durch, aber oben bei der Lok war es trotzdem nicht zu hören. Die beiden Männer standen immer noch mit dem Rücken zu ihnen.

»Wir werden baden im Glück«, flüsterte Lenka.

Ciska lächelte ihr listig zu.

Und sie nahmen ihre Taschen und liefen alle hinunter über den Hof, hinter den gestapelten und in Folie gewickelten Rohmassetanks, am Röhrenlager vorbei. Die Frauen aus der Bedruckung kamen ihnen mit nassen Haaren entgegen. Sie öffneten das Stück Maschendraht, das ein Loch im Zaun kaschierte, und liefen unter den Weiden zum See.

Unten entkleideten sie sich und stiegen ins Wasser. Olga machte ein paar kräftige Züge aus dem Schatten der Bäume heraus und glitt durch die Sterne, bis sie in der Mitte des Sees angekommen war, von wo man durch die Baumkronen das hell erleuchtete Glasdach der Werkshalle sehen konnte. Aus dem Augenwinkel sah sie, dass die beiden Männer nackt am Ufer standen und nur zögerlich hineingingen, während die anderen Mädchen ein Stück abseits bis zum Bauch im Wasser waren. Sie schwamm immer weiter, das Wasser war viel dunkler als der Himmel, fast schwarz, und obwohl der Mond hell schien, erkannte sie gerade noch ihre Arme.

»Es ist zum Kotzen«, sagte Herr Stetzuhn, als er bei ihr angekommen war, »krieg ich jetzt meinen Lohn, dann kann ich ihn gleich versaufen, so wenig ist das.«

»Warum sparen Sie nicht?«, fragte Olga. »Und wenn ich bald eine richtige Arbeit hab und aus dem Knast raus bin, dann machen wir einen drauf.«

»Bis Sie eine richtige Arbeit haben, bin ich schon verfault. Aber eins soll man mir mal erklären, warum ich 22 Jahre hier in der Produktion gearbeitet und einen Orden bekommen habe, Aktivist der sozialistischen Arbeit, Anerkennung für meinen Neuerervorschlag zum Entgraten der Pisspötte mithilfe von Bohrmaschinen, ja und Urlaub in Bulgarien jedes Jahr.« Olga planschte mit den Beinen.

»Was sollen wir Mädels denn sagen?«

»Sie sind blutjung, ich hab die fünfzig schon weit hinter mir«, rief Herr Stetzuhn und schwamm auf dem Rücken zum Ufer zurück, dabei sprach er weiter: »Oder nehmen Sie Tchibo in Zarrentin, wo ich mal als ABM war, da hab ich mir zum Feierabend feinste Schokocreme mit Mandeln genehmigt, und wir hatten den Nachschlüssel zum Magazin mit den Spirituosen, und als sie die Schlösser auswechseln wollten, da haben wir uns noch schnell einen Kaffee Amaretto in den halb leeren Flaschen gebrüht, dass uns nachher sieben von fünf Lampen angingen. Und heute, Mann, wo bin ich hier hingeraten, die Tacken reichen grade mal für Miete, Essen und Trinken und der Rest geht für die Mutter im Heim drauf.«

Herr Stetzuhn stieg aus dem Wasser, rieb sich schnell mit seinem Pullover ab, zog sich die Latzhose an und ging mit nacktem Oberkörper darunter zurück zum Zaun.

Olga setzte sich ans Ufer und beobachtete, wie die drei Mädchen und Jakob zurückkamen. Am anderen Ufer saß ein Paar am Wasser, die Frau hatte ihren Kopf in den Schoß des Mannes gelegt und schrie etwas, Olga verstand es nicht.

Trotz der lauen Luft zitterte sie ein wenig, denn sie war nass in ihre Arbeitskleider gestiegen. Sie grub in ihrem Rucksack nach dem Tabak, die anderen kamen aus dem Wasser, und während sie sich eine Zigarette drehte, betrachtete sie Jakob, wie die Wassertropfen auf seiner weißen Haut leuchteten, wie sich die dunkle Linie von seinen Schamhaaren zum Nabel zog, bis ihn der Schatten einfing und er in das Dunkel tauchte. Als er sich neben sie setzen wollte, zischte der Wachmann, der sie in dem Dunkel nur schemenhaft sah: »Hochkommen.«

Sie stiegen durch den Zaun, die Arrestlerinnen gingen an die Maschinen zurück, Jakob und Olga gingen zum Ladegleis, als der Schichtleiter vorüberging und zum Gruß nickte.

Der Wachmann lehnte an der gefledderten Salweide, starrte wieder auf das Puppenbettchen, das den Tastaturhaufen krönte, und die Fee zog ihn in das Bild hinein, schnallte ihm die Flügel an, durchsichtige Schmetterlingsflügel, und gab ihm das gute Gefühl, derjenige gewesen zu sein, der die Jugendarrestlerin beschützt hatte, die hinter dem Zaun im Dunkel schwanger geworden war, nicht von ihm, sondern von einem Arbeiter aus der A-Schicht, die Wurzeln im Uferbereich hatten ihr den Rücken zerkratzt, aber sie war mit glänzenden Augen an die Maschine zurückgegangen. Oder im letzten Herbst, da hatte er einen, der auch aus dem Jugendarrest war, durch den Zaun und zu seinem Freund gelassen, und die beiden hatten im Schatten der Büsche erst beieinandergelegen und sich scheu geküsst, waren auf den See hinausgeschwommen, hatten am anderen Ufer vielleicht miteinander geschlafen, jedenfalls waren sie glücklich und Hand in Hand vom See zurückgekommen und hatten sich am Zaun noch lange verabschiedet.

»Jakob«, hauchte Olga, »tu mal bitte so, als wär Dir was ins Auge gekommen.« Und sie hob ihre Hand, und ihre rauen Fingerkuppen streiften den Handrücken des Abiturienten.

»Aber mir ist nichts ins Auge gekommen«, stellte Jakob sich dumm.

»Blödmann«, Olga stampfte auf und trat einen Schritt zurück, »dann erzähl mir, was in der Zeitung steht.«

Und Jakob griff nach der Steuerkonsole für den Kran und hob einen der Polypropylenblöcke mit dem Kran auf das Band. Dann patschte er auf seine Hosentasche, aus der das *Neue Deutschland* ragte.

»In der Zeitung steht nichts Spannendes, Deutschland wird gegen Island spielen im September, in Reykjavik. Und ein Sohn hat in München seine Mutter mit dem Samurai-Schwert von hinten enthauptet. Der Vater saß nebenan und schaute fern. Der sollte das nächste Opfer sein.«

»Da war keine glückliche Fee am Werk«, sagte Olga.

»Nein. Als der Sohn seine Bluttat gesehen hat, wollte er den Vater doch nicht mehr enthaupten, ging raus, rief vom Handy aus die Polizei an. Als die schließlich das Haus stürmte, dachte der Vater, der immer noch auf dem Sofa fernsah, dass es eine Razzia sei, wegen der Drogen, mit denen sein Sohn handelte … aber mir ist da was ins Auge gekommen!«, rief Jakob in Richtung der Waggons und rieb mit dem Zeigefinger an seinem Auge herum.

»Er hat einen Splitter im Auge«, sagte Olga und ließ den Riegel der Waggontür los, »ich mach ihn nur kurz raus, ja?«

»Mach ihn raus«, rief der Wachmann.

Und Olga ging zu Jakob, der unter dem Greifarm im Hallentor stand, und der Wachmann blickte ihr hinterher, sah sich selber hinterherschweben, nur wenige Zentimeter von ihrem Rücken entfernt, ließ mit seinem Feenstab eine Sternenspur über ihrem Kopf kreisen, wie auf dem Farbdruck über dem Kopfende des Puppenbetts auf dem Haufen Elektroschrott. Er sah sich schon nach Schichtende die Mädchen zum Bus geleiten, der sie wieder in den Jugendarrest fuhr, und spürte, wie Schuppen aus seinen Flügeln fielen, die nur so groß waren wie zwei Handfächer, aus seinen Flügeln, gehalten von den Hosenträgern, an denen der Gürtel mit der Stabtaschenlampe hing.

Herr Stetzuhn fuhr mit dem Gabelstapler die Rohmassebehälter ins Lager. Er rauchte und grinste dabei. Olga befühlte Jakobs Auge, hob mit dem Daumen ein Lid hoch und drängte sich an ihn.

»Schöne Augen hast Du«, flüsterte sie.

»Geht so«, sagte er.

»Streichelst Du mich ein bisschen? Ich hab grad keinen Freund«, flüsterte sie weiter und atmete lang aus, »und was passiert sonst so?«

»Die Amerikaner haben Saddam Hussein noch immer nicht«, sagte er. »Aber die haben sich eh verspekuliert, der Irak wird im Chaos versinken, bis die ganze Region implodiert und die Vereinigten Staaten gleich mit.«

»Guck mal nach unten«, sagte sie und schob ihren Oberschenkel zwischen seine Beine, »bist Du traurig deswegen?«

»Ach wo, ich hab im Geschichtskurs über das sagenhafte Ninive einen Vortrag gehalten. Reiche kommen und gehen, Karthago, Rom ...«

»Aber es sterben Menschen.«

»Aber das neuzeitliche Rom wird untergehen, ist das nicht herrlich? Je eher, desto besser.«

»Und die armen Menschen? Schau mal bitte nach rechts, so. Und wie sieht es im Sport aus?«

»Ein einziges Unglück. Dieser Schumacher fährt immer noch in der Formel 1, kann der nicht endlich mal einen Unfall bauen, schrecklich, was die jedes Jahr in die Luft pusten. Na ja, irgendwer muss ja das ganze Öl verbrauchen.«

»Ist der nicht neulich gegen eine Wand geknallt?«, fragte Olga, nahm ein Taschentuch aus der Packung und tupfte über Jakobs Hornhaut.

»Nein, dieser Idiot ist durch einen Reifenstapel gefahren, der dabei Feuer fing und mächtig qualmte. Immerhin musste er das Rennen abbrechen.«

»Das geschieht ihm recht«, flüsterte Olga, »das ist gut.«

»Die Russen machen jetzt wieder Atomtests in der kasachischen Wüste, neue und stärkere Bomben«, sagte Jakob.

»Ach, hör mit den Russen auf, nur wegen denen sitze ich hier, erst sollte es astreines Hasch sein, und dann war es mit so viel Schuhcreme gestreckt, dass mich am Ende irgend so ein pickliger Gymnasiast sogar angezeigt hat …« Sie atmete schneller, keuchte.

Sie merkte nicht, dass Herr Stetzuhn zum vierten Mal sein Feuerzeug schüttelte, um seine Zigarette anzuzünden. Er sprang aus dem Gabelstapler.

»Meine Glücksfee hat mich ein für alle Mal verlassen«, sagte Herr Stetzuhn und ging zwischen dem Waggon und dem Hallentor hin und her. Dann sagte er zu dem Wachmann, der auf seiner Runde gerade vorüberkam, »meine Glücksfee hat mich ein für alle Mal verlassen! Immer konnte ich was rausschlagen, im FDJ-Studentensommer haben sie ganze Bataillone schöner Mathematikstudentinnen ins Werk geschickt und mit wie vielen habe ich da hinten im Wäldchen gebumst. Oder konnte was klauen. Aber hier?

Selbst der Müll wird hier bewacht, damit auch jeder Wischeimer recycelt wird. Da ging's mir während der ABM in der Brauerei ja besser, da hatten wir keinen Lohn, aber wenigstens ein anständiges Deputat ... Na ja, was mich aus der Bahn geworfen hat, war, als ich nach der Konterrevolution beim neuen Werksleiter, einem Westler, das Maul aufgerissen hab, weil er mich getriezt hat, dass ich mein Gebiss machen lassen soll. Ich bin doch kein Pferd, hab ich ihm gesagt, was er sich einbildet, und zack, rausgeschmissen ham se mich, und neun Jahre später arbeite ich wieder hier, nur für die Hälfte der Pinke, und an- und abschalten können sie mich jetzt auch noch, wie die Produktion es erfordert, kurz, meine Glücksfee hat mich verlassen«, sagte Herr Stetzuhn.

»Jetzt ist er raus«, rief Olga und kam nach draußen mit dem Taschentuch, holte tief Luft, in der Nebenhalle lachten die Jugendarrestlerinnen über irgendetwas an den Maschinen, aber der Wachmann hörte nichts, er stand am Zaun neben dem Lager für die neuen Rohmassebehälter, dachte an all das, was er versäumt hatte, schaute auf den Farbdruck am Puppenbettchen, und immerzu erschienen ihm die Bilder, wo er die Mädchen aus dem Jugendarrest vor Schichtende zu den Duschen führen musste, wo sie dann auf den Bänken an Kacheln gelehnt saßen und an die gegenüberliegende Wand blickten, aus den Augenwinkeln aber über den Flur schielten, über den hin und wieder ein nackter Arbeiter mit Duschbad und Handtuch aus der Umkleide kam, um sich in der Gemeinschaftsdusche den Mülldunst von der Haut zu schrubben.

Und die Mädchen schielten nach den Körpern, sogar um die Ecke liefen die Mädchenaugen mit und verwandelten sich schließlich in Duschköpfe, die mit Begehren die säuerlich stinkenden Leiber abwuschen.

Und wenn die Mädchen merken würden, dass er sie beobachtet hatte, würden sie rot werden, und schließlich würde die Röte ihrer Wangen auch auf ihn überspringen, denn er wusste, was er da zugelassen hatte, war gegen die Vorschriften, die Mädchen hätten hier nicht sitzen dürfen, so wie sie heute, streng nach den Vorschriften, das Werksgelände nicht hätten verlassen dürfen. Aber er fühlte, dass diese Jugendlichen, die ihm während dieser Schichten anvertraut waren, dass er für sie wenigstens einmal am Tag eine kleine Rakete zünden musste.

»Jetzt mach mal weiter hier«, rief der Wachmann. »Zwei Waggons sind noch nicht entladen.« Aber Olga wusste, dass er um Verzeihung bat.

Nachdem der letzte Waggon entladen, Jakob mit dem letzten Ballen in der Halle verschwunden und Olga nach vorne gelaufen war, um dem Schichtleiter zu melden, dass hier alles erledigt war, stieg der Wachmann auf den Tastaturberg und zog das Puppenbettchen herunter, lieh sich von den Frauen aus der Bedruckung eine Schere und schnitt sich das Stück Plaste aus dem Kopfteil aus. Dann ging er hinter die Rohmassetanks, zog sich den Pullover aus, streifte die Hosenträger herunter und schob sich die Fee unter das T-Shirt, streifte die Hosenträger wieder hoch und zog den Pullover darüber, um das Bild aus dem Werk zu bekommen.

Als er dann nach vorne ging zu den Mädchen, um sie in der Morgendämmerung zum Bus zu begleiten, der sie wieder in den Arrest nach Wismar bringen würde, spürte er, wie die Flügel an seinem Rücken festwuchsen, wusste auch, dass seine Hosenträger und die Dienstkleidung der Wachfirma, dass nichts ihn daran hindern würde, Feenflügel zu haben, Flügel, nur so groß wie zwei Fächer, und dass ihn nichts daran hindern konnte, die Jugendlichen aus dem Arrest auch in Zukunft schlecht und nicht vorschriftsgemäß zu behandeln.

Werktage

Das Sonnenlicht fiel in schrägen Latten durch die Jalousien der Dachreiter, tigerte die Spritzgussmaschinen, die von den Händen der Jugendarrestlerinnen poliert wie Amethyste glänzten. Schichtmeister Dechow durchmaß die Lichtstreifen und Schattenbänder, er durchlief die Abteilung 3, dann die 5, tauchte in ein Schattenfeld und durchwanderte erneut die hellen, schrägen Bänder der Sonne. Jetzt trat er nach draußen in das gleißende Licht des Vormittags. Vor der Werkshalle, zwischen roten und grünen Türmen aus Flaschenkästen, saß eine Gruppe Arbeiter im Schlagschatten und rauchte.

Schichtmeister Dechow überquerte den Hof und durchlief nun Schattensträhne um Schattensträhne, ging am Block mit den Bierkästen, dann an den Postsortierboxen vorbei, tauchte in einen grauen Tunnel ein und durchwanderte erneut die Felder der Sonne, die gleißend auf den Beton strahlte, auf die Blöcke aus grauem und rotem und gelbem Kunststoff.

Jetzt kam er an einem ruhenden Gabelstapler vorbei, dessen rostige Zähne über dem rissigen Boden schwebten. An den Häuserblock aus Rohmassebehältern gelehnt saßen ein paar Arbeiter, andere lagen, ihre Jacken als Kissen nutzend und die Arme hinter dem Kopf verschränkt, auf dem Boden, wie bei einem Picknick im Freien.

»Ihr macht Euch hier einen Lenz, ja?«, sagte der Schichtmeister. »Ich hab gesagt, Ihr sollt nach Hause gehen, für heute ist die Produktion gedrosselt.«

»Was ist denn das überhaupt für ein Ton«, fuhr ihn der Zerspaner Kaiser an, »dass die Produktion gedrosselt ist, gut, aber wir wollen wissen, was nach dem Verkauf kommt.«

»Wenn, dann geht das nur unsere Leute was an.«

»Eure Leute? Ich arbeite seit drei Jahren hier. Pelzer seit fünf und Kressack auch, was sind wir denn, wenn wir nicht zu Euch gehören?«

»Ihr widersetzt Euch also der Anordnung?«

»Nein, wir wollen lediglich mit dem Konzernbevollmächtigten sprechen, damit er uns sagt, was aus uns wird, wenn die Schweden das Werk verkaufen.«

Dechow zupfte mit dem Finger an der Folie herum, die um die Rohmassebehälter gewickelt war. »Gut, ich telefoniere noch mal.« Dann ging er weg, Schweißperlen glänzten in seinem Nacken, in dessen Mitte eine Falte saß, die ein goldenes Kettchen verschluckte.

Der Abiturient lieferte den Leberkäse aus der Kantine beim Vorarbeiter am Maschinenpult ab. Dann ging er in die Halle hinunter und zu der Wanne, wo in einer Mulde das grünliche Plastegranulat im Wasser schwamm. Er griff mit der Hand hinein und ließ die feuchten Körner durch seine Hand rieseln, er sah zu, wie der Hilfsarbeiter Binder mit einem Kescher darin fischte, schließlich die Fetzen einer Tüte herausklaubte und in die neben ihm stehende Tonne warf.

Er sah, wie nebenan, im Lager der Recyclinganlage, ein Arbeiter mit der Schaufel Kleinteile zusammenschob, eine zerschnittene PET-Flasche, einen Nachttopf in Seehundform, zerbrochene Becher und Teller, Besteck, den Kopf einer Barbiepuppe, Spielzeugpanzer und einen kleinen Engel, dem die Flügel abgebrochen waren, während draußen am

Verladegleis Olga aus den gepressten Müllpaketen die überstehenden Teile zog, die nicht aus Kunststoff waren, ein SED-Wappen aus Bronze, das sie gleich auf das Förderband zum Altmetallhaufen warf, und dazu noch Drähte, Reste eines Stern-Radios, ein Trabant-Lenkrad, den Motor einer Küchenmaschine, eine Fahrradkette.

Der Abiturient griff sich die Fernsteuerung und drückte auf einen Knopf, um den Hebearm zu bewegen, doch die Greifhand sauste auf Olgas Kopf zu und verfehlte ihn nur knapp.

»Stopp, stopp!«, rief Binder.

Der Abiturient drückte auf den anderen Knopf, und der Hebearm hielt augenblicklich an. Kurz darauf drückte er einen weiteren, und der Arm hob sich, dann senkte er sich, öffnete über einem ersten Polypropylenballen die Hand, griff zu und hob ihn in die Höhe. Er drückte wieder, und der Arm fuhr auf der Schiene durch die Türöffnung und legte den Ballen auf dem Förderband ab, das ihn zu den Sortierern und Schreddern fuhr.

»Richtig«, rief Binder, »jetzt halt mal an!«

Der Abiturient drückte auf einen Knopf, zufällig den richtigen.

Olga öffnete die Seitentüren eines weiteren Waggons, sah nach und zerrte aus einem gepressten Block einen angekohlten hölzernen Plattenspieler.

»Tja«, sagte Kubinski, »wenn keiner Aufträge erteilt, gibt's hier halt keine Arbeit.«

»Alles Käse, die Aufträge sind da, frag mal in der Bedruckung nach, die kommen seit Wochen nicht hinterher, und die Auftragsbücher, die sind voll bis in zwei Jahren, mir kann keiner erzählen, dass keine Arbeit da ist. Schlechte Zahlen? Wir haben ein Recht darauf zu erfahren, was nach dem Verkauf hier passiert.«

»Was soll ich denn sagen?«, meldete sich Thorsten. »Ich mach hier seit Wochen für 2,90 die Stunde, angeblich weil der Markt nicht mehr hergibt, dafür arbeite ich vierzig Stunden, meine Mutter liegt im Heim, und auf die Pirsch gehe ich nach Feierabend auch nicht mehr. Oder was machst Du, Kubinski?«

»Ich hab 'ne Frau in Polen und zwei Kinder, ich bin hergekommen, um Geld zu verdienen, nicht um an- und abgestellt zu werden wie ein Staubsauger. Ich wüsste gar nicht, wo ich hin soll. Studieren müsste man, dann hätte man viel mehr Zeit, und Geld vom Staat obendrein, wenn ich meinen Cousin frag, also die Studenten schlafen alle aus, haben günstiges Essen, können immer machen, was sie wollen, in Szczecin kannst Du einen Nacktkalender mit den schönsten Mädels von der Uni kaufen, und der ist sogar feministisch, und in Rostock gibt es auf so einem Schiff jeden Donnerstag nur für die Studenten Flatratesaufen. Oder in Frankfurt, da haben sie so eine Negerin gebucht für den Studentenclub, und jeder, der wollte, durfte mal ran. In einem anderen haben sie Frontcooking mit 'nem lebenden Hamster gemacht, erst haben sie den Hamster eine Viertelstunde ins Gefrierfach getan und als der kleine Kerl rauskam und zitterte, haben sie ihn auf den Herd in eine heiße Pfanne gesetzt, wo er dann immer im Kreis gerannt ist wie sonst was ... Aber hej, guck mal, wer da kommt.«

Binder blickte auf die Transportstrecke, wo die Überbandmagneten kleine Drähte und Metallteile aus dem Plastestrom zogen, währenddessen gab er dem Abiturienten Anweisungen. »So, jetzt lässt Du das Ding runter, ja, und erst jetzt die Greifer öffnen. Und zack geht's auf die Reise.«

Der Abiturient drückte wie beim Computerspiel auf den Knöpfen herum, und die Greifer öffneten sich und ließen den Polypropylenblock fallen.

»Sehr gut, ab morgen bist Du eingearbeitet«, sagte Binder. Sie liefen durch die Fabrikhalle, in der die Hitze stand, obwohl alle Fenster in den Dachreitern geöffnet waren. Es roch säuerlich, wie nach Erbrochenem, und dem Abiturienten wurde schlecht, Binder hingegen, dem der Geruchssinn unter den scharfen Kunststoffausdünstungen schon abhandengekommen war, zog eine Salami aus der Tasche und aß sie im Gehen.

»Jetzt zeig ich Dir noch mal kurz die Spritzgussmaschinen, und dann sind wir fertig«, freute er sich.

Sie schauten zur Halle, von wo eine kleine Gestalt auf sie zukam, abwechselnd die hellen und dunklen Streifen zwischen den Blöcken durchquerend, als ginge sie über einen einzigen langen Zebrastreifen. Dann stemmte sie die Hände in die Hüften.

»Kollegen«, sagte der Werksleiter, »Ihr müsst verstehen, der Markt diktiert uns die Gesetze, wir können nicht einfach so produzieren, wie es uns gefällt. Manchmal müssen wir …«

»Jaja«, unterbrach ihn Kaiser, »die Sprüche der Wirtschaftsprüfung kann ich auf deren Homepage nachlesen. Ist das ein Grund, uns einfach so nach Hause zu schicken?«

»Ja, wir haben alles Recht dazu, Ihr seid Leiharbeiter, hast Du Deinen Arbeitsvertrag nicht gelesen?«

»Wir können demnächst keine Miete mehr bezahlen, wenn Ihr uns alle zwei Tage wegen irgendwelcher Lappalien in unbezahlten Urlaub schickt.«

»Dann sucht Euch doch woanders was, wenn's Euch nicht passt.« Die rechte Hand des Werksleiters zuckte mehrmals.

»Nein, ich arbeite ja gern hier und woanders gibt's hier nicht. Das weißt Du auch. Außerdem wollen wir wissen, was nach dem Verkauf wird, wie sollen wir denn planen?«

»Gehört Euch die Fabrik? Seid Ihr bei uns angestellt? Es geht Euch überhaupt nichts an. Ich werde Meldung an Euren Arbeitgeber machen.« Wieder zuckte seine rechte Hand, und der Werksleiter ging davon, in den hellen Schluchten schillerte sein Anzug wie der Rücken einer Fliege.

Ein lauer Wind ging durch die Halle. An einer Maschine, die fortwährend rote Bierkisten ausspuckte, machte Binder halt. »Die Kisten musst Du manchmal rausnehmen und angucken, die guten ins Töpfchen, die schlechten ins Kröpfchen, irgendwie kriegt die Anlage das noch nicht auf die Reihe, zu viel Ausschuss. Gestern mussten wir eine ganze Tagesproduktion schreddern.« Der Abiturient griff nach einer Kiste.

»Lass das, zieh Dir gefälligst Handschuhe an, vorher.«

Der Abiturient ließ augenblicklich die heiße Kiste fallen und rannte ein paar Meter bis zu einer Säule, wo ein Waschbecken hing, fluchend hielt er seine Hände unter das kalte Wasser.

Dann zog er sich die Handschuhe an und lief zurück. Ein Gabelstapler fuhr vorbei, auf einer Palette die Bodenplatten für die Rohmassebehälter. Die Fahrerin hatte einen Arm in

Gips gelegt, lud die Palette auf dem Drehteller der Wickelmaschine ab und sah zu, wie sich die Folie am drehenden Turm immer höher schraubte, bis schließlich der ganze Stapel von der glänzenden Folie umhüllt war. Dann nahm sie die Palette wieder auf und fuhr nach draußen auf den Hof. Der Stapel blitzte in den Sonnenstrahlen wie ein Diamant.

Binder sah ihr hinterher. »Die hat sich mit dem Nazi aus der A-Schicht geprügelt, der hat ihr eins mit der Schippe verpasst. Aber ist das wahr, dass Thomas Mann für den *Dr. Faustus* seitenweise aus einem Musiklexikon abgeschrieben hat?«

»Wie bitte?«, fragte der Abiturient.

»Na ja, so'n großer Schriftsteller und hat's nötig abzuschreiben. Ich mein, hätt' er sich ja auch was ausdenken können. Is' doch Kunst. Also, warum schreibt der ab?«

»Das weiß ich nicht«, sagte der Abiturient, die Maschine zischte und gab daraufhin einen neuen Kasten frei, dessen Kanten und Winkel ohne Makel waren.

»Gut«, sagte Binder, »aber ich muss dahinterkommen, ich schreibe gerade an einem Roman, der heißt: *Die 25-Jährige, die in die Disko ging und ertrank*. Es geht um Techno und Exzess.«

»Kaiser, Du kannst Dir heute Nachmittag schon mal 'ne Nummer auf'm Amt ziehen«, sagte der HO-Mann.

»Alles Unsinn«, sagte Kaiser, »die brauchen uns ja, die spielen uns das doch vor, dass wir jederzeit ersetzbar sind. Sind wir aber nicht. Petermann ist seit '71 hier.«

»Ach, ich träum schon wieder von Zarrentin. Bei Tchibo arbeiten. Kaffeedosen, Regenjacken sortieren«, sagte der Stasi-Offizier und kratzte sich am Kinn, »das ist soziale

Marktwirtschaft, langweilig wird sie nie. Öfter mal was anderes.«

»Nein«, warf Kaiser ein, »wer so anfängt, hat schon verloren.«

»Was hast Du denn? Früher konntest Du am Arbeitsplatz das Maul aufreißen und musstest zu Hause still sein, heute ist es umgekehrt. Was seid Ihr alle damals wie die Blöden für den Imperialismus demonstrieren gegangen, jetzt habt ihr Eure Bananen und ich werd schön meine Klappe halten«, sagte der Stasi-Offizier.

»Ich bin auch raus«, sagte der HO-Mann, der mit den Fingern in einer Teerfuge herumpulte.

»Ja«, sagte der Abiturient, als Binder zur Pause vorbeikam und ihn einlud, mit in die Kantine zum zweiten Frühstück zu kommen. Von der Terrasse aus sahen sie zu, wie die Werkslok ein paar leere Waggons die kleine Anhöhe hinaufzog, ein Mann in orange leuchtender Warnkleidung stellte sich mit einer Fahne auf die Bundesstraße und wartete ab, bis der Zug die Straße ganz überquert hatte, dann schob er sich die Fahne in die Hosentasche, sprang lässig auf den Tritt des letzten Waggons, und der Zug rollte los in Richtung der Wagenübergabestelle in Görries.

Binder kaufte sich einen Filterkaffee und dozierte mit einem Sandwich in der Hand: »Alles hängt miteinander zusammen: Anton Fokker, auf Java geboren, kam 1913 nach Schwerin und hat hier Flugzeuge gebaut, er war der einzige Industrielle von Rang, der je hier produziert hat. 1919 hat er in einer Nacht-und-Nebel-Aktion die ganze Fabrik auf einen Zug verladen lassen und ist nach Holland abgehauen, weil sie nach dem Krieg in Deutschland keine Flugzeuge mehr bauen durften. Später ist er weiter nach Amerika gezogen, und als Schwerin 1945 aus der Luft angegriffen wurde, waren ein paar Fokker-Jäger mit dabei. So schließt sich der Kreis.«

Binder stand auf und fegte die Krümel von seinem Hosenlatz, trank den letzten Schluck Kaffee und ging wieder in die Werkshalle. Auch der Abiturient stand auf, er kritzelte etwas in sein Notizbuch und ging dann Binder hinterher. Eine Gruppe Frauen mit nassen Haaren kam ihnen entgegen.

»Einfache Kiste«, sagte der Abiturient. Erst jetzt sah er, dass seine Hose türkise Flecken vom Granulatwasser bekommen hatte.

Die Fahrerin des Gabelstaplers kam ihnen mit einer frisch in Folie gewickelten Palette voller gelber Postkisten entgegen. Jedes Mal, wenn sie durch die Lichtschluchten fuhr, blitzte ihre Ladung auf und warf Reflexe in alle Richtungen.

Der Schichtleiter blitzte ebenso auf, als er hinter ihr aus der Halle trat, er ging auf die Gruppe der verbliebenen Arbeiter zu und wedelte mit einem Zettel. »Das hier ist die Mail von Eurem Arbeitgeber, ab sofort werden hier im Werk nicht mehr beschäftigt: Kaiser, Tom ... Bendix, Marcel ... Roth, Nico ...« Er machte eine Kunstpause. »Haben die anderen auch noch was zu sagen? Wenn's keine Arbeit gibt, gibt's keine Arbeit. Was Ihr hier macht, ist Nötigung.«

»Ist doch nicht Euer Ernst«, Kaiser lachte höhnisch. »Ausfallgeld gibt's für alle, die länger als ein halbes Jahr durchgehend beschäftigt sind, aber komischerweise heißt es immer nach fünf Monaten und ein paar Tagen, ›Tut uns leid, aber die Nachfrage ...‹, sodass keiner das halbe Jahr vollmacht.«

»Gut, Dein Name steht ja schon auf der Liste. Gibt's noch mehr, die mit rauf wollen?« Er sah in die Runde. »Wer von Euch jetzt nach Hause geht und erst wiederkommt, wenn wir anrufen, den nehme ich von der Liste.«

Der ehemalige HO-Gastwirt hörte auf, in der Fuge zu pulen, hob im Aufstehen die Hände kurz, wie zur Kapitulation, griff nach seiner Umhängetasche und ging dann langsam zum Tor, um sich auszustechen. Auch der Stasi-Offizier schulterte seinen Rucksack und ging. Nach und nach standen auch die anderen auf, stachen sich aus und gingen nach draußen, wo sie an der Bushaltestelle warteten und ab und zu nach Kaiser sahen, der sitzen blieb.

»Kaiser«, sagte der Schichtleiter, »ich weiß nicht, ob Dir klar ist ... wir brauchen nächste Woche neue Modelle für die Wasserwagen ...«

»Dann lasst mich doch einfach jetzt damit anfangen.«

Der Schichtleiter drehte sich um, aus der Werkshalle war ein Poltern zu hören. Wieder zu Kaiser gewandt, sagte er: »Das geht nicht. Das ist auch nicht meine Schuld, es geht einfach nicht.« In diesem Moment kam der Gabelstapler heran, mit zusammengeklappten Gemüsekisten, die unter der Folie leuchteten wie Amethyste. Die Fahrerin hupte kurz, Kaiser sprang auf, und gleich ließ sie die Palette genau an der Stelle herunter, wo Kaiser noch bis eben gesessen hatte, sie manövrierte ein wenig und nahm eine leere Palette auf. Der Schichtleiter winkte der Fahrerin, stieg auf die Palette, und zusammen fuhren sie davon in die Halle. Der Schichtleiter streckte die Brust heraus und wurde in den Licht- und Schattenbändern zur Statue eines siegreichen Soldaten, der Zettel in seiner Hand flatterte im Fahrtwind.

Der aus den Überdruckventilen der Maschine von Zeit zu Zeit aufsteigende Wrasen leuchtete rosa in der stickigen Luft. Der Abiturient konnte es nicht lassen und hielt seinen Ärmel in den Dunst, auf dem sich sogleich ein rosa schillernder Firnis bildete.

Olga lief vorbei, in der Hand einen weißen Engel mit goldenem Haar.

Nachdem die Entgratung wieder einwandfrei lief, ging er zu Binder und den gepressten Polypropylenballen. Der begann sofort, ihn zu belehren.

»Also, das hier ist der Knopf für das Heben und das Senken, das hier, ja? Vergiss das nicht, und das hier ist der für vorwärts und das hier der für rückwärts. Also versuch's noch mal. Gestern Nacht hab ich übrigens ein Gedicht geschrieben, sein Titel lautet: *Vorwärts, Amphoren, oder wie sich die Wälder empören.*«

»Danke«, sagte der Abiturient und nahm die gelbe Konsole der Fernsteuerung entgegen.

»Oder soll ich Dir lieber den Gedichtzyklus zeigen, in dem ich beschreibe, wie ich meinen Kampfhahn Hugo mit Butter einschmiere?«, fragte Binder, unterbrach sich aber sofort, »tut mir leid, ich rede immer nur von mir, also, was verschlägt Dich hierher, wie geht's Dir überhaupt?«

Der Abiturient drückte auf einen Knopf, aber den falschen.

»Stopp, stopp!«, rief Binder.

Der Schichtleiter hatte das Telefon am Ohr, als er wieder aus der Halle gelaufen kam, er nickte ernst, und als der den Knopf zum Beenden des Gesprächs gedrückt hatte, sah er noch eine Weile mit zusammengekniffenen Brauen auf das

Display. Kaiser hatte sich wieder auf den Boden gesetzt, diesmal neben dem Amethystblock.

»Na?«, grinste er, »ich wusste, dass Ihr es Euch anders überlegt.«

Der Schichtleiter schaute säuerlich. »Du hast ein verdammtes Schwein, sie wollen für den Verkauf einen Imagefilm drehen und die Leitung schickt das Filmteam gleich vorbei. Die sind in zehn Minuten hier. Und Du gefälligst auch.«

Kaiser bot ihm Zigaretten an, aber der Schichtleiter schüttelte den Kopf. Dann steckte er das Telefon in die Latztasche seiner Arbeitshose und ging zwischen den Blöcken hindurch davon. »Ich bleibe hier«, murmelte Kaiser.

Kurz darauf fuhr ein Kleinbus auf den Hof und ein Mann in Jeans und Kapuzenpullover, der sich als der Regisseur vorstellte, stieg aus.

»Also, ich brauche Sie, wie Sie an einer Produktionsanlage stehen«, fing er gleich an, »am besten eine der neuen Spritzgussmaschinen.« Dann sah er zu seinem Kollegen, der schon damit begonnen hatte, die Kamera auf dem Dach der Caravelle zu montieren. »So, zuerst drehen wir hier auf dem Hof, Sie als Fertigungsarbeiter mit langjähriger Expertise überprüfen einen Stapel, sagen wir, diesen Behälter da, Sie zupfen ein bisschen an der Folie, dann nicken Sie und gehen in die Halle, wo Sie konzentriert mit dem Schichtleiter sprechen und zum Ausgang zeigen, dabei fährt ein Gabelstapler durch das Bild, und Schnitt.«

»Danke«, sagte der Abiturient, »ich wollte anfangs gar nicht hierher, wissen Sie, meine Eltern waren die Ersten in ihren Familien, die auf die EOS durften und studierten, und die ersten Male, wenn ich durch dieses Werkstor ging, fühlte ich mich derartig schäbig, ja, diese Arbeit schien mir so was von unter meiner Würde zu sein, dass mir zum Kotzen war. Ich habe Latein und Deutsch im Leistungskurs gemacht, bin für die Kunst geboren, denn ich habe im Theaterkurs meiner Schule den Grafen Appiani gespielt. Meine Eltern wollen mir jetzt Geld geben, damit ich nicht mehr in der Fabrik arbeiten muss«, sagte er und drückte, weil es schon keine andere Option mehr gab, auf den richtigen Knopf.

»Aber Du bleibst doch hoffentlich«, sagte Binder und gab ihm das Zeichen, dass er den nächsten Block fassen sollte.

»Ja, denn es ändert mich, ich weiß auch nicht, früher habe ich Ciceros Rhetorik gebüffelt, jetzt lerne ich Kräne zu betätigen, früher bin ich mit meiner Mitbewohnerin in die Oper gegangen, jetzt höre ich den Spritzgussmaschinen zu, früher ging ich zu Lesungen von Dichtern, jetzt gehe ich zu den Leuten am Nachbartisch in der Kantine und lausche, wie sich ihre Gespräche verhaken. Mich interessiert auch heute noch ein Picasso und ein Stück von Heiner Müller, auch die Musik von Schubert, aber denen stelle ich jetzt meine Kollegin gegenüber, die sich immer zu enge Hosen anzieht, sodass ihr Bauch über den Bund schwappt, die es nicht hinbekommt, in drei Monaten ihr Handtuch einmal zu wechseln, aber wenn jemand zu Besuch kommt, wirft sie ein weißes Leinentuch über den Küchentisch und kauft einen Strauß frische Tulpen.

Meine Arbeit hier wird immer wichtiger, fast so wichtig wie die surrealistische Schule und das postdramatische Theater zusammen ...«

»So«, sagte der Regisseur, »Sie setzen sich jetzt an den Tisch hier und essen ein Croissant mit Marmelade und trinken diesen Milchkaffee, dazu blicken Sie auf die Weiden am Ufer des Sees, in Ihrem Gesicht zeigt sich Entspannung über die angenehme Atmosphäre, dann blättern Sie in den Zeitungen.« Einer der Helfer brachte schnell je eine Ausgabe der *Zeit*, der *Süddeutschen Zeitung* und der *Bild*. Auf den Tisch wurde ein Korb mit Croissants gestellt, dazu Marmeladengläser und ein Teller mit Butterstückchen, gerolltem Schinken und ein paar Scheiben Käse.

»Du bist auf dem Weg der Heilung angekommen«, antwortete Binder.

»Ja«, sagte der Abiturient, und mit einem Knirschen flog wieder ein Block auseinander, »und jeden Tag bringe ich mir was Kleines von hier mit, alte Eierbecher in Hühnerform, noch aus sozialistischer Produktion, oder eine Badeente, einen Handfeger, in dem nur ein bisschen Wachs klebt, eine Brotschneidemaschine, Schüsseln. Manchmal machen wir ein Feuer unten im Hof und dann werfe ich etwas hinein, Made in GDR, sehe zu, wie das Feuer an dem Huhn oder an einem Gummisoldaten leckt und alles schmelzen lässt, bis nur noch ein stinkendes amorphes Gebilde zurückbleibt, das langsam seine Funktion und seinen Sinn verliert.«

»Was machst Du am Wochenende?«

»Am Wochenende ziehe ich mein gutes Hemd an und meine neue Hose und dann gehe ich mit meiner Mitbewohnerin und ihrem Freund in den Schlosspark, und auf der Terrasse im Burggarten oder im Café Prag trinken wir stilvoll eine Tasse Kaffee. Am schönsten war es aber in meiner ersten WG, da hatte ich ein großes Zimmer mit Flügeltür, und der Blick ging nach vorne auf eine hohe Fassade gegenüber, und ich wähnte mich dadurch schon fast in Berlin. Hinter dem Haus war eine Schule, und wenn ich manchmal vormittags keinen Unterricht hatte, saß ich auf dem Balkon, rauchte Pfeife und schloss mit mir Wetten ab auf die prügelnden Jungs.«

Der Abiturient erzählte, und sie hievten Ballen um Ballen des gepressten Mülls auf das Band.

»Der Waggon ist leer«, sagte Binder, »gehen wir und schauen nach, ob Olga den nächsten schon freigibt.«

»Also, wir machen einen Testlauf«, sagte der Regisseur und blickte auf sein Telefon, »wir müssen nachher noch im Klinikum drehen. – Sie nehmen also die Zeitung und schlagen sie auf und lesen interessiert und mit ernster Miene und blättern ab und zu. Dann sehen Sie, dass das Plastewerk Schwerin der Aufmacher für den Wirtschaftsteil ist, heben triumphierend die Faust und sagen in die Kamera: »Wir schaffen bleibende Werte.«

»Niemals«, sagte Kaiser, »das geht mir nicht über die Zunge. Wenn schon, dann sage ich, wenn es mir gut geht, geht es auch dem Plastewerk gut.«

»O. k., meinetwegen, dann eben: ›Wenn es mir gut geht, geht es dem Plastewerk gut.‹«, meinte der Regisseur nickend. »Und jetzt machen wir noch ein paar Einstellungen, danach wird's ernst. Heißen soll das am Ende: ›Kunststoffrecycling und -produktion in Schwerin unter einem Dach.‹ Essen Sie bitte noch mal was.«

»Ich habe schon alles aufgegessen. Den leeren Pott kann ich schwenken, aber so ein Croissant …«

»Gut«, sagte der Regisseur, »aber die Zeit rennt, also holen

Sie sich schnell noch ein Croissant und dann legen wir richtig los.«

»Das Croissant werden Sie mir holen, außerdem gibt es in der Kantine nur Sandwiches. Sie können das doch bestimmt steuerlich absetzen von wegen Verpflegungsaufwand der Darsteller oder so – oder bin ich Ihnen das nicht wert?«

»Herrgott!«, seufzte der Regisseur und rollte mit den Augen.

Und der Abiturient lief zu einem geöffneten Waggon und besah sich die Ballen, aus denen Olga den groben Schrott gezogen hatte, dann holte er per Knopfdruck den Kran nach.

»Anhalten, stopp!«, rief Binder.

Und der Abiturient drückte wieder zuerst auf den falschen Knopf und dann auf den richtigen.

»Wir können hier weitermachen«, stellte Binder fest, »also, wann bist Du noch glücklich gewesen?«

»Im Theaterkurs meiner Schule, wo ich als Graf Appiani meine Mitschülerin als Emilia Galotti geküsst habe. In die ich mich auch in Wirklichkeit verliebt hatte, die ich mich aber nie getraut hätte, auch nur anzusprechen. Oder als ich in der Rolle des Parteisekretärs in den *Umsiedlern* von Heiner Müller auf einer echten Schwalbe durch die Aula gefahren bin und der Abgasdunst erst zur Kuppel aufstieg und sich zum Ende der Vorstellung langsam auf das Publikum senkte, wo unser Direktor ganz verschreckt in dem blauen Nebel saß ...«

»Fährt hier eigentlich noch mal der Güterzug lang?«, wollte der Regisseur wissen.

»Alle drei Stunden einmal«, sagte Kaiser.

»Schade. Der gäbe einen verdammt guten Hintergrund ab, von wegen ökologische Transportmethoden und infrastrukturelle Erschließung.«

»Der Lokführer ist ein Freund von mir. Leider ist er gerade erst in die Pause gegangen, ich könnte ihn anrufen …« Kaiser wiegte den Kopf.

»Gut, Sie rufen den Lokführer an und ich besorge die Croissants«, sagte der Regisseur und wies einen Helfer an, aus dem Bus noch ein paar zu holen und auch fair gehandelten Milchkaffee nachzuschenken. Kaiser telefonierte mit dem Lokführer, und kurz darauf rollte durch das Werkstor die Lok mit zwei angehängten Schiebewandwagen. Einer der Helfer kam mit einer Gruppe von Arbeiterinnen aus dem benachbarten Kabelwerk, die im Hintergrund stehen und sich unterhalten sollten. Als diese Szene gedreht war, schickte ihn der Regisseur in die Halle an eine Spritzgussmaschine und ließ ein paar Deckel für Rohmassebehälter vom Band nehmen und überprüfen. Dann schickte er ihn in die Bedruckung, wo er mit dem dortigen Vorarbeiter reden sollte, bevor er noch an einem Zaun, vor dem blaue Fässer gestapelt waren und hinter dem man den Schilfsaum des Sees erblicken konnte, entlang und dann zurücklaufen, wieder auf der Terrasse der Kantine sitzen und mit einer der Arbeiterinnen reden sollte, bevor sie alle aufzustehen und auf eine ganz bestimmte Weise zur Bushaltestelle zu gehen hatten.

Der Regisseur zeichnete gerade die Choreografie mit Kreide auf die Angebotstafel der Kantine, als der Werksleiter zusammen mit dem Schichtleiter kam und ihn beiseite zog. Mit Blick auf Kaiser redeten sie etwas. Der Regisseur zuckte mit den Achseln und schüttelte den Kopf. Dann sagte er: »So, jetzt wird's ernst.«

Die Klappe fiel und Kaiser saß entspannt lächelnd auf der Terrasse an einem Tisch und sprach mit einer blonden Kabelarbeiterin, auch die anderen Arbeiterinnen schwatzten, gerade so, als hätten sie schon immer in dieser Kantine und nicht nebenan gegessen.

Binder gab das Zeichen, und der Greifarm senkte sich in den Waggon. Die Hand öffnete sich sanft, griff zu und kurz darauf schwebte der Block, der aus Tüten und Shampooflaschen und unzähligen Dosen gepresst worden war, in der Luft. Binder räusperte sich.

»Von Heiner Müller gibt es folgendes großartiges Gedicht«, sagte er, »Im Schädel Königreiche, Universen, der trübe Rest an Schläuchen aufgehängt, ein Sack Chemie, den Krebstod auf den Fersen, ein Königreich in ein Staubkorn gezwängt. Zu stillem Rasen aus den Eingeweiden, Giftwälder blühen, Landschaften in Orange ... «

Binder deklamierte lauthals. Als sie in die Halle zurückgingen und einen Ballen aus Joghurtbechern und Flaschen auf das Band herabließen, kam der Vorarbeiter aus seiner Kabine und sah zu, wie alles staubend auf das Band fiel und wenige Augenblicke später schon durch das Mahlwerk in tausend Fetzen gerissen wurde. Er schnitt sich ein Stück von dem inzwischen kalten Leberkäse ab, dazu eine Scheibe Brot, bestrich beides mit Senf und klappte es zusammen. Kauend überlegte er, ob es eine gute Idee gewesen war, ausgerechnet den Abiturienten in allen Bereichen einarbeiten zu lassen, ob es nicht besser gewesen wäre, man ihn an ein Band in der Produktion gestellt hätte, die meisten Schüler wollten sowieso nur die Zeit überbrücken bis zum Zivildienst, zum Bund oder Studium, die sah man nie wieder. Aber im Grunde genommen waren die Zeitarbeiter ja ein ähnlicher Fall. Der Charakter des Werks würde sich immer stärker verändern. Erst recht, wenn noch mehr arbeitslose Kulturwissenschaftler oder Philosophen hier herumliefen. Ein Verfahrenstechniker war in Wirklichkeit oft Literaturwissenschaftler ohne Stelle oder ein Flötist, dem man das Orchester zusammengestrichen hatte und den die Arbeitsagentur hergeschickt hatte, um hier auszuharren, bis er eine neue Anstellung finden würde.

»Los!«, winkte der Regisseur, und die Kamera, die auf dem Dach der Caravelle montiert worden war, fuhr vor der Gruppe her, die jetzt mit lachenden Gesichtern durch das Werkstor ins Freie trat. Die Lok rollte im Hintergrund mit neuem Plastemüll beladen ins Werk, der Rangierer steckte die Fahne wieder in die Tasche und sprang auf den letzten Waggon auf.

»Stopp!«, rief der Regisseur, »jetzt brauchen wir noch eine Halbtotale von Ihnen, Kaiser.« Wieder umarmten sich die Frauen an der Bushaltestelle und verabschiedeten sich in den Feierabend, bis der Regisseur mit beiden Händen abwinkte.

»Das reicht!«

Binders Stimme klang durch den Müllstaub und den Lärm herüber. »›Schlaflos, die Nacht vom Tag nicht mehr zu scheiden, der Tod wird Heimat, göttliche Melange.‹ Diese letzten, von der Todesnähe geprägten Gedichte … die Spuren der großen Ideologien des 20. Jahrhunderts … mit den Flugzeugen, die in die Türme … der Offenbarung des

Johannes … dass uns die Augen aufgehen … über die gesellschaftlichen Zustände … Kunst kann die Welt nicht ändern, aber Sehnsucht wecken … Sehnsucht nach einem anderen Zustand der Welt …«

Binder wischte sich den Schweiß von der Stirn, sein Haar war so dicht wie ein Pelz und sein Kopf so groß, dass er seine Schirmmütze hinten nicht zubekam. Der Vorarbeiter trat in die Halle, einen Zahnstocher in der Hand, mit dem er sich die Fleischfetzchen aus den Zahnlücken pulte. Dann ging er zur Verladestation, durch die gelblichen Staubschwaden, die sich um die Förderbänder gebildet hatten.

Der Werksleiter kam zusammen mit einem Mann in einem braunen Cordanzug über die Schienen gelaufen. Sie hatten sich die Dreharbeiten von einer Anhöhe aus angesehen und kamen nun auf Kaiser zu.

»Das ist der Konzernbevollmächtigte für Schwerin. Er hat sich freigenommen, ich hoffe, Du weißt das zu schätzen.«

»Schauen Sie mal«, sagte der Konzernbevollmächtigte, »ich habe gehört, dass Sie wissen wollen, wann wir verkaufen und was danach aus dem Werk und den Arbeitsplätzen wird, Sie kennen die Auftragsbücher, ich denke, wir sind uns einig, wenn wir sagen, Ihr Arbeitsplatz bleibt sicher.« Er strich sich über seinen flachen Bauch und zog dann das Jackett aus. »Schau'n Sie, die Konzernleitung billigt solche Gespräche eigentlich überhaupt nicht. Sie sind als Zerspaner hier beim Bau der Modelle beschäftigt?«

»Soll ich dankbar dafür sein, dass ich einfach behandelt werde, wie es sich gehört?« Kaiser sah in die Tasse, auf dem Boden zerfloss nur noch ein bisschen Schaum. »Fragt denn nicht auch jemand von Euren Leuten nach?«

»Nein«, sagte der Werksleiter. Er schaute dabei zu Boden, dann fing er an, die Croissantkrümel auf dem Tisch zu einem Häufchen zusammenzuschieben. Er ließ die Schultern hängen.

»Und habe ich etwa keine Familie? Ich wüsste schon gerne, ob der neue Eigentümer das Werk hält oder nicht.«

»Verstehen Sie bitte, ein Gespräch über den geplanten Verkauf ist nicht vorgesehen und erst recht nicht mit Mitarbeitern, die nicht zur Stammbelegschaft gehören. Sie sind sich schon bewusst, dass Sie sich längst hätten ausstechen und das Werksgelände verlassen müssen.«

»Warum? Ich habe doch in dem Film mitgespielt. Der hilft Euch am Ende noch, einen guten Preis zu machen.« Kaiser stellte die Tasse neben den Krümelhaufen.

»Haben Sie so jemanden schon mal getroffen?«, fragte der Bevollmächtigte den Werksleiter, der zuckte nur mit den Schultern und schob weiter die Krümel zusammen. »Wenn ich das richtig sehe, sind Sie ab morgen nicht mehr hier.«

»Ist es meine Schuld, dass die andern alle feige sind? Ich verkaufe mich halt nicht unter Wert.«

Der Abiturient warf noch einen Blick auf die Anlage, die die Tüten und Folienreste absaugte, dann folgte er Binder, der mit dem Kran einen mit grünem Granulat gefüllten Ballon in die Höhe hob, wie eine überdimensionierte Glühbirne hing er in der Luft und wurde dann über der Spritzgussmaschine angehalten. Der Vorarbeiter, der das Maschinenpult bediente, nickte, »läuft ordentlich heute«, sagte er.

»Möchte ja sein«, sagte Binder und kletterte an der Maschine hoch. Er stellte einen kleinen Holzbock oben hin, dann senkte der Abiturient die Birne, bis sie auf dem Bock aufsetzte und in Richtung des Einfüllstutzens kippte, mit einem Rasseln wurde das Granulat von der Maschine geschluckt.

»Aber noch mal, Sie haben kein Recht auf irgendeine Information, außer auf das, was Sie hier in Ihrer Arbeit konkret betrifft.«

»Was ist denn bitte daran nicht konkret?«, konterte Kaiser.

»Hören Sie«, sagte der Bevollmächtigte, »ich möchte mich mit Ihnen nicht über Details streiten.«

»Doch, denn die Details sind das Konkrete. Es reicht mir. Ich weiß, dass Modelle benötigt werden für die neue Serie an Wasserwaagen. Soll sich derjenige bei mir melden, der die neuen Schichten für die nächste Woche plant.« Er griff nach seinem Beutel, nickte den beiden zum Abschied zu und ging davon. Zum Regisseur, der in der offenen Seitentür der Caravelle saß und in sein Telefon tippte, sagte er: »Das hättet Ihr mal mitschneiden sollen, was die sich gegenüber uns Zeitarbeitern leisten, Ihr Werbefuzzis, dazu hätten das Croissant und der fair gehandelte Kaffee gut gepasst! Wenn die weiter so mit uns umspringen, dann fahren die das ganze Unternehmen vor die Wand.«

Der Bevollmächtigte sah Kaiser hinterher. Dann ging er mit dem Werksleiter zur Halle zurück.

»Na bitte«, sagte der Werksleiter, »der will es wirklich wissen.«

»Wer ist dieser Mann?«, erkundigte sich der Bevollmächtigte, und der Werksleiter schob das Tor zur Recyclinganlage auf.

Auf einer Tischplatte hatte Olga ein Diorama aufgebaut, Panzer, Haubitzen und ein paar Soldaten der Infanterie.

Wenn sie den Raum durchquerte und daran vorbeikam, dann verschob sie mal einen Panzer oder eine Gruppe Infanteristen, ahmte manchesmal Maschinengewehrsalven und Explosionen nach und ging dann weiter, um wieder die Mülltrennung zu überwachen, oder nach draußen, um einen neuen Waggon zu öffnen.

»Kaiser heißt er«, sagte der Werksleiter, »heißt so und benimmt sich so, als wäre er einer. Ist eigentlich Zerspaner und arbeitet hier im Modellbau für den Spritzguss. Aber er ist mit das beste Pferd im Stall, und das weiß er auch.«

»Leider«, sagte der Bevollmächtigte, »sonst könntet Ihr ihn behalten.«

»Hej, Mädchen«, raunte Olga der Mann vom Wachdienst zu, der hinter den Waggons am Zaun entlanglief. Raunte es und blickte blass aus seinem blauen Anzug mit Schulterklappen, eine Hand am Gürtel, wo die Stabtaschenlampe hing.

Der Abiturient drückte auf Binders Zeichen den richtigen Knopf. Der Ballon glitt wieder in die Senkrechte. Dann steuerte der Abiturient den Ballon durch die Halle in Richtung des Granulators, aus dem andauernd neue Linsen rieselten.

»Gut«, lobte der Vorarbeiter und lächelte.

Binder schob den Ballon an den Auslass des Granulators und sah zu, wie er sich mit grünen Körnern füllte. Dem Abiturienten, der schon zurückgelaufen war, um wieder einen der Polypropylenblöcke aufs Band zu hieven, rief er zu: »Es tut sich was im Intellekt der Welt!«

Und der Kran fuhr an der Decke bis zum Tor, der Greifarm zog einen Block vom Waggon, und die Sonne stand so hoch, dass dieser Block aus gepresstem Müll, aus Flaschen und Tüten und Spielzeugen, aus dem fast reinen Polypropylen farbige Blitze nach allen Seiten schickte. Dann glitt der Kran mitsamt seiner Ladung in den Halbschatten der Halle zurück und setzte den Ballen sanft auf dem Band ab. Der Bevollmächtigte stand da und beobachtete das alles, sah auch, wie Olga, nachdem sie kurz einen Blick auf den Kaltabschlag geworfen hatte, sich auf dem Rückweg über die Dioramaplatte beugte, kurz ein paar Soldaten verrückte und laut »Peng!« brüllte.

»So sehen Eure Werktage also aus«, sagte der Bevollmächtigte, »also, damit das klar ist: Den Leuten hier geht's zu gut.« Er sah auf den Kran, der zum Ausgang glitt und den nächsten glitzernden Ballen fasste. »Aber ich will mit diesem Kaiser noch mal reden, bevor Ihr ihn an die Leute von der Zeitarbeit meldet. Wie alt ist der eigentlich?«

In diesem Moment tauchte die Ablöse zur Spätschicht in der Halle auf. Schwitzend, aber erleichtert drückte der Abiturient einem dicken rothaarigen Mann die Fernbedienung für den Kran in die Hand, die einarmige Gabelstaplerin kletterte aus der Kabine, und als Olga vorbeikam, legte sie kurz den Arm um sie, und so liefen sie gemeinsam nach draußen, abwechselnd angestrahlt und beschattet von den Türmen der Kästen, in das gleißende Licht der Nachmittagssonne.

Achtzehn

Vielleicht ist der Tod ein Irrtum, Richard? Jeden Tag klettere ich das steile Ufer zum See hinunter und gehe schwimmen. Je nachdem, wie die Schichten liegen. Frühmorgens, vor sechs Uhr, am Nachmittag, am späten Abend oder in der blauen Nacht, im Sommer wie im Winter, in der schräg-heißen Sonne eines Augustnachmittags genauso wie in der eisnebeligen Luft eines dunklen Dezembermorgens. Ich schwimme und das Wasser umschließt mich und gleitet an meinem Körper entlang. Und ich liebe es, dass es mich umschmeichelt und liebkost im Sommer, mich härter anfasst im Herbst und kalt schneidet im Winter, mich aber dann, wenn ich wieder draußen bin und mich mit dem Handtuch abreibe, dass mich diese Kälte von innen wärmt, meinen Körper in einen Kanonenofen verwandelt, rot durchglüht. Das Durchglühen hab ich Dir gezeigt, in diesem Winter 2003, als ich achtzehn wurde und Du Abitur gemacht hast. Jetzt bist Du nicht mehr da und ich bin immer noch da, entgegen aller Wahrscheinlichkeit, manchmal scheint es mir immer noch unglaublich, dass ich da bin und Du es nicht mehr sein sollst, schon so lange. Und etwas Unglaubliches liegt hier, das macht, dass ich mich verstanden fühle von der Stille der Hainbuchen und Schwanenblumen, dem Glucksen der Wellen und dem Anschlagen der Rohrdommeln im Schilfgürtel, in den Sumpfbinsen, vom stummen Zug der Fische, die manchmal tief unter mir hindurchgleiten, den Entenpaaren, die auf den Wellen schaukeln, und den trägen Zweigen der Trauerweide, die bei Wind die Wasseroberfläche kraulen, von den Samen und Pollen, die im Frühjahr das Wasser gärig riechen lassen, von den Blättern, die im Herbst in das Wasser fallen und herabsinken und in den Uferzonen braune Teppiche bilden.

Was ich an Bildern von meiner Arbeit auf der Station in mir habe, was an mir haftet, was ich mit nach Hause nehmen könnte, lasse ich hier, habe ich immer hiergelassen, habe ich in den See gelegt, seit wir damals hier schwimmen waren. Die ganzen Abschiede lasse ich hier, den jungen Motorradfahrer, der an seinem achtzehnten Geburtstag in einer Kurve bei Rambow zu schnell fuhr und unter einen Lkw geriet, der ihm über seinen Unterleib fuhr, und später, als sie auf der Intensivstation schon lange nichts mehr für ihn tun konnten, kam dieser Junge zum Sterben zu uns. Ich habe das Flüstern seiner Eltern gehört, wenn sie bei ihm am Bett saßen, habe ihnen die Hand gedrückt, bin nach der Schicht nach draußen und habe ihn hier im See erst losgelassen, loslassen können. Genauso wie die alte Dame, die vor Jahren bei uns war und die einen fußballgroßen Tumor im Bauch hatte und sich freute, endlich ihren Mann wiederzusehen. Und meine Gedanken sind herabgesunken auf den Seeboden, und wie die Blätter der Hainbuchen einen braunen Teppich in den Uferzonen bilden, sind diese Erinnerungen mein Seegrund geworden, über den ich hinweg schwimme, manchmal, wenn ich in das Wasser blicke, sehe ich noch etwas davon, sehe ich auch etwas von mir da unten, und wenn ich dann in das Wasser steige, gehe ich in mir schwimmen, in einem Stück Traurigkeit, wenn jemand vor der Zeit geht, aber all das spült das Wasser sofort von mir ab. Manchmal muss ich auch weit hinausschwimmen, bis ich das Gefühl habe, alles ist restlos von mir fort, alles ist restlos abgewaschen.

Mit Jakob war ich das erste Mal hier, als er seinen Zivildienst in der Kinderklinik gemacht hat. Später nahm ich Vitus mit hierher an den See, und wir küssten uns am See und ich dachte anfangs noch daran, wie ich Jakob hier geküsst hatte, wie ich mich anfangs meiner Lust schämte, aber irgendwann immer weniger, denn der See wusch auch meine Scham über mein Begehren fort. Und als Vitus mich verlassen hatte und mit meinem Bruder nach Dresden gegangen war, als ich mich im Haus meiner Eltern so einsam fühlte, kam ich auch hierher, um Vitus und meinen Bruder von mir abzuwaschen. In meinem Kummer rief ich Jakob an und ging mit ihm durch die Stadt. Er hörte mir zwar zu, aber auch er ließ mich alleine, und als er mich danach nicht mehr sehen wollte, ging ich zu Dir, Du hast ja damals hier im Fahrdienst gearbeitet. Und eines Abends gingen wir nach der Schicht an den See und wir schliefen am Wasser miteinander und es fühlte sich wunderbar und richtig an, denn Du warst traurig wegen Damaris und ich wegen Vitus, und danach gingen wir schwimmen. Doch wusch ich mir unser Zusammensein jetzt nicht vom Körper, wie man Schmutz vom Körper wäscht, ich wusch die Wärme Deiner Hände von meinen Brüsten, und Du wuschst Dein Sperma aus meinem Schoß, Deine Finger spülte ich mit kräftigen Schwimmzügen aus meinem Haar und das Gefühl für alle Stellen unserer Körper aus unseren Handflächen. Und zusammen legten wir alles im Wasser ab und schauten, wie alles Teil des Sees wurde, wie unsere Küsse am Grund lagen und zu uns heraufleuchteten. Als ich mit Dir am anderen Ufer stand und zurückblickte auf die zwei Häufchen Kleider, war alles fast nur noch eine schemenhafte Erinnerung, und ich begann, vor Kälte zu zittern. Und wir gingen wieder in das Wasser und schwammen zurück, dabei lösten sich die allerletzten Reste unserer Begegnung von uns ab, jeder Kuss, jeder Tropfen meines Speichels auf Deiner Haut, alles war abgewaschen, wie man einen Brief in ein Kästchen legt, ein kleines Archiv, und als ich mich anzog, stieg ich in meine Hosen als ein neuer Mensch.

~~~

Ach, Richard, vielleicht ist der Tod ein Irrtum, denn als ich an einem Sonntag im Frühling vor acht Jahren dieses ewige Gestalten auf Zuruf und die Arbeit im Büro hinter mir lassen wollte, da setzte ich mich auch hierher, an den Ziegelsee, unter die Hainbuchen, die noch nicht vollständig ausgetrieben hatten. Ich kraulte mich durch die Entwürfe der Speisekarte für das Café Röntgen am Markt, Brust und Rücken, anschließend erjagte ich ein letztes Mal im Schmetterlingsstil einen kurzfristigen Auftrag für eine Broschüre der Stadtbibliothek, ich nahm ein paarmal noch einen Schluck der Verachtung der Direktorin in den Mund, die fand, meine Honorarvorstellungen seien haltlos und überzogen. Und dann spuckte ich das alles in weitem Bogen aus und sah zu, wie sich meine Demütigung und mein Gefühl, nicht zu genügen, wie der bittere Blick auf meinen Kontostand am Monatsende und die Unruhe darüber sich einfach im See auflösten. Mein Mund war frisch jetzt, als hätte ich ihn mit Chlorhexidin gespült. Und Du warst da und lächeltest mir
~~~

zu, und am Tag darauf fuhr ich mit dem Rad zur Arbeitsagentur am Margarethenhof und beantragte eine Umschulung zur Krankenschwester, die man mir zuerst nicht geben wollte, ich sei ja Grafikdesignerin und es gebe keinen Vermittlungsvorrang. Aber ich hatte keine Lust aufzugeben. Wieder und wieder radelte ich zum Margarethenhof hinaus, zog eine Nummer und setzte mich auf die lieblos bezogenen Stühle auf diesem langen Flur, und jedes Mal hieß es, dass ich keinen Vermittlungsvorrang genießen würde, jedes Mal kam per Post noch eine Absage und ich baute Schiffchen aus den Absagen und fuhr zum See und ließ sie auf dem Wasser davontreiben, so lange, bis man mir eines Tages die Umschulung gewährte und ich im Klinikum am See anfangen konnte. Jetzt würde ich täglich hierherkommen, und ich kam auch hierher, vor der Arbeit und nach der Arbeit, bevor ich lernte, wie man eine Flexüle legt, und nach der ersten subkutanen Injektion. Ich ging schwimmen, nachdem ich einmal durch die Anatomieklausur gefallen war, und warf Knochen und Sehnen und Muskelstränge fröhlich hinter mich ins Wasser. Und als mir vom Auswendiglernen der Kopf schmerzte von den Benzodiazepinen und Barbituraten, den Analgetika und Zytostatika, beobachtete ich einfach die grünen Wellen und schüttete mir mit vollen Händen davon ins Gesicht, bis kein Diazepam, kein Tavor, kein Kinedryl mehr in mir war. Nach meinem Abschluss wurde ich übernommen und schwamm vor Freude eine Rekordzeit von Ufer zu Ufer im Freistil.

Als ich im Klinikum anfing, wohnte ich noch bei meinen Eltern, und wenn ich abends spät nach Hause kam, fragten sie mich oft, wo ich gewesen sei. Und wenn ich ihnen sagte, dass ich am See gewesen sei und dass ich dort schwimmen war, fragten sie mich, mit wem, und wenn ich ihnen antwortete, allein, dann lächelten sie spöttisch, und ich wusste, sie glaubten mir nicht, dass mir der See, dieser Ziegelsee, mittlerweile vollkommen genügte als Gesellschaft, ja, dass er mir immer wichtiger wurde, wichtiger als das Singen im Chor mit Sophie, Jakob, Kristina und den anderen, wichtiger als die Begegnung mit den Männern, nach deren Berührung ich mich sehnte, mit denen ich aber oft einsamer war als ohne sie. Vom Haus meiner Eltern fuhr ich immer eine Stunde mit dem Rad durch die Felder zur Klinik, sommers wie winters, und als ich anfing zu arbeiten, zahlte ich ihnen ein geringes Entgelt für mein Zimmer. Bald aber fand ich eine Wohnung nur wenige Minuten vom Ufer des Sees entfernt, in der Dr.-Georg-Benjamin-Straße. Zwar konnte ich ihn von meiner Wohnung aus nicht sehen, aber ich brauchte, wenn ich zu Hause war, nur das Fenster zu öffnen, und schon konnte ich das Wasser riechen, köstlich und frisch. Und oft nahm ich mir in meinem ersten Herbst in dieser Dr.-Georg-Benjamin-Straße, wenn es regnete und keiner sich mehr an seinem Ufer blicken ließ, mein Regenzeug und eine Thermoskanne mit heißem Tee und setzte mich an sein Ufer und sah hinaus, wie der Regen in diesen stillen Spiegel fiel und die Blätter von den Hainbuchen herabsegelten, kurz auf der Oberfläche trieben und dann von den Tropfen sanft unter Wasser gedrückt wurden, wo sie auf den Boden sanken, zu den Blättern der Vorjahre, und ich atmete die würzige und schwere Luft und lauschte dem Knistern und Prasseln der Tropfen auf meiner Kapuze.

~~~
~~~

Ganz sicher ist der Tod ein Irrtum, Richard! An einem frühen Spätsommermorgen öffnete ich die Fenster des Zimmers, in dem Dr. Stabenow die letzten Wochen verbracht hatte. Es war nach halb sechs, alle Berichte waren geschrieben, und im Dämmer fingen schon die ersten Vögel an zu singen, also stand ich vom Schreibtisch im Schwesternzimmer auf und machte einen Rundgang über die Station. Mein Weg führte mich vorbei am Lagerraum, wo die Putzfrau gerade das Wischwasser mit der entsprechenden Menge Ethanol für die Flächendesinfektion mischte, an den Schleusenzimmern vorbei, wo die Böden bereits feucht glänzten. Bis zum Schichtwechsel war es noch eine knappe halbe Stunde. An den Wänden des Korridors hingen Bilder. Manche haben die Patienten in ihren letzten Wochen und Monaten hier gemalt, andere haben in ihrem Zimmer Bilder aufgehängt, die wichtig für sie waren, Fotos von Partnerinnen und Freunden, von den Kindern, als sie noch klein waren, vielleicht auch von einem Hund oder einer Katze, oder etwas, das die Enkel mit Buntstiften gemalt haben. Alle davon nahmen wir wieder ab, sobald ein Patient gestorben und ausgezogen war. Aber eines haben wir hierbehalten, haben wir nicht abgenommen. Ein junger Wachmann, der an Lateralsklerose litt, hatte es vor ein paar Jahren mitgebracht. Ein schlafendes Mädchen ist darauf zu sehen, das Mädchen liegt in einem Bett und darüber schwebt eine Fee, in einem fast durchsichtigen Kleid und mit ebenso durchsichtigen Schmetterlingsflügeln, sie zeichnet mit dem Zauberstab eine Sternenspur über dem schlafenden Körper. Der Wachmann wollte, dass wir diese Fee nach seinem Tod dort hängen ließen, denn diese kleine Fee habe ihn immer beschützt, und wenn er gestorben sei, solle sie auch die anderen, die hier einst liegen würden, beschützen. Nach seinem Tod hatten wir also das Bild an der Wand hängen lassen und da war es dann geblieben. Und auch über den anderen Patienten, die auf ihre Überfahrt warteten, wie Du das immer sagtest, als Du noch als Zivi im Fahrdienst gearbeitet hast, auch über den anderen Patienten hatte die kleine Fee also ihren Zauberstab geschwungen.

Im Bereitschaftszimmer döste auf ihrer Liege die Ärztin mit der Armbeuge über dem Gesicht. Im Zimmer der Pianistin, deren Lunge Stück für Stück versagte, zeigten die Monitore auf Entspannung, die Graphen, die Herzschlag und Sauerstoffsättigung im Blut anzeigen, ebenso wie der Füllstand am Kolostomiebeutel, und sogar das Piepen der Apparaturen klang in einem getragenen Adagio lamentoso vor sich hin. Aus ihrem Mund wuchs still der Schlauch, der die Pianistin mit dem Beatmungsgerät verband. Ab und zu zuckten die Finger oder unter den geschlossenen Lidern die Augen.

Jetzt bin ich bei Doktor Stabenow, am offenen Fenster, aber Doktor Stabenow ist nicht mehr hier. Sein Luftkissenbett ist leer, die Matratze ist desinfiziert und im Knistern der Folie, die bereits darüber gespannt ist, höre ich, wie er die letzten Tage röchelnd atmete, nur noch angetrieben von der Maschine. Kurz nach meinem Schichtbeginn hatte seine Enkelin vorbeigeschaut und mit der Ärztin gesprochen, dass sie ihren Großvater noch einmal sehen wolle, man aber danach die Geräte abstellen könne. Jetzt ist sein Bett schon leer, der Körper irgendwo in der Kühlkammer, nachher würde sicher irgendein Bestatter kommen und den Leichnam holen, ihn vielleicht noch einmal und mit etwas teilnahmslosem Blick waschen, ihn in seinen guten Anzug kleiden, die Hände vor dem Bauch verschränken und den Kopf auf dem seidenen Kissen geraderücken.

Es ist jetzt schon deutlich heller, hinter dem See im Osten liegt ein erster rötlicher Schimmer und ich denke an jenen Dienstag vor achtzehn Jahren, als ich im Media Markt für Vitus ein Verstärkerkabel suchte, um einen passenden Beutel dazu zu filzen, und wie ich dabei Jakob und seinen Mitbewohner traf, auf der Suche nach einem Flachbildschirm für Xbox und Fernsehen. Ich denke daran, wie wir unter der Musikbeschallung standen, umgeben von den gefühlt hundert Bildschirmen, von denen hundert Nachrichtensprecher gelangweilt auf uns herabsahen, wie Maik an dem einen oder anderen Bildschirm herumdrückte und die Kabel prüfte und wie Jakob die ganze Zeit daneben stand und nölte, dass Fernsehen die reinste Zeitverschwendung sei und weshalb sich Maik überhaupt so ein Ding kaufe wolle, und wie es plötzlich schwarz wurde, so, als habe Maik einen Kurzschluss erzeugt. Und ein aufgeregter Mitarbeiter kam angerannt und fragte bemüht freundlich, ob er helfen könne, und Maik griff wieder kurz hinter einen Bildschirm, und plötzlich waren die Bilder auf allen Geräten da. Es waren jetzt hundert brennende Hochhäuser zu sehen, mit einem Loch, aus dem es schwarz qualmte. Es war, wie in einer brennenden Stadt zu stehen, und alle schauten verwundert, und irgendjemand rief »Macht mal den Ton an«, und im Nachrichtengeknarze, das jetzt zu hören war, wurde etwas von einem Anschlag erzählt. Ich sehe noch, wie sich das Bild gar nicht mehr ändern wollte, wie alles immer nur unter das ewig gleiche Bild dahingesagt wurde, irgendwann zeigten sie noch, wie ein Flugzeug in den Turm flog und dann in den zweiten. Jetzt erinnere ich mich, wie wir alle wie benommen dastanden in dieser einstürzenden Stadt, wie ich aus irgendeinem spontanen Impuls heraus gerne Jakobs Hand gehalten hätte, weil mir flau zumute war, wie er aber mehr von mir abrückte, wie es still war im Media Markt, eine ganze Weile, nur die Musik lief weiter, Hit-me-baby-one-more-time. Ich erinnere mich, wie mir erst später klar wurde, dass in dieser Stadt, die nur aus den immer zwei gleichen Häusern zu bestehen schien, dass da wirklich Flugzeuge hineingeflogen waren, dass die kleineren Fetzen am Rand des Einschlags in Wirklichkeit mächtige Stahlträger waren, die die Wucht des Aufpralls und die Hitze des Feuers hatten schmelzen und sich verbiegen lassen, und dass die herabstürzenden Mohnkörnchen vor der glatten Fläche aus Glas in Wirklichkeit Menschen waren ... Irgendwann hatten sich alle ein wenig gelöst, langsam waren Maik und Jakob zur Kasse gegangen und ich hinterher, ohne noch an das Kabel zu denken. Noch nicht ganz hier, sondern erst, als die Schranke blinkte und piepte, realisierte ich, dass ich in meinen Händen immer noch das Verstärkerkabel hielt, nach dem ich nur gesucht hatte, um Vitus einen Beutel dafür zu filzen ... Am nächsten Tag in der Schule für grafische Gestaltung erzählte Herr Pilz, dass die Welt nun für immer eine andere sei, und obwohl wir eigentlich Bühnenbilder erarbeiten sollten, sahen wir uns andauernd die Nachrichten an, und irgendwann am Vormittag mussten wir alle aufstehen und eine Minute schweigen. Und stellvertretend für die Feuerwehrleute aus dem Ground Zero ging ich am Nachmittag schwimmen, wusch mir den Staub des Tages aus dem Gesicht und auch die salbungsvolle Ansprache unseres Direktors über eine Welt, die heute eine andere sein sollte als gestern, aber in mir wuchs, indem ich hinausschwamm, nur das Gefühl, dass dies ein Irrtum war, dass die Welt keine andere war und auch morgen dieselbe sein würde.

Ein Windzug geht durch das Zimmer, lässt die Folie wieder knistern, ich schließe das Fenster noch nicht, draußen knattert ein Hubschrauber heran, er wird vielleicht vorne an der Straßenbahnschleife landen, vielleicht nur eine Blutkonserve oder ein benötigtes Organ für den OP, vielleicht auch ein Notfall, vielleicht jemand, der bald sterben wird. Jemand, der dann bald hier einzieht.

Die Putzfrau kommt herein und deutet wortlos an, dass sie wischen will, und ich gehe nach draußen, warte die Dienstübergabe an die Frühschicht ab, wir stehen im Kreis, wir hören, was die Stationsschwester redet, ich spreche von der Pianistin, von Dr. Stabenow, die Ärztin fügt hinzu, dass wir die Geräte erst später abstellen konnten, dass aber sonst alles nach Plan gelaufen sei. Später in der Schleuse ziehe ich meine Sachen an, ich nehme mein Handtuch aus dem Spind. Was ich Dir bis hierher erzähle, Richard, nehme ich mit an den See. Ich gehe das Ufer entlang, ich entkleide mich und teile in meiner Einsamkeit mit Dir das Wasser. Über Nacht müssen hier Hornblätter oder Laichkraut gewachsen sein, etwas streift mich kratzend am Bein, und dann bin ich mitten auf dem See und alles sinkt herunter, die Hand von Doktor Stabenow noch unruhig und warm in meiner, sinkt herab, sein Zwerchfell, das einige Male gegen den Tod anzuckte, sinkt auf den Grund, zu den Autoreifen und den rostigen

Ketten und der Wehrmachtsmunition, die hier im Boden liegen soll. Wie sein Herz zuerst stockte, dann wieder schlug, sogar losraste und dann doch stehen blieb, wie seine Haut schlagartig grau und dann gelblich-weiß wurde, und wie dann, wie bei allen Toten, dieser Geruch einsetzte. Wie es aus ihm herausfloss, das blanke, ein wenig gelbliche Wasser, wie es anfing säuerlich zu stinken, wie der Körper alle Schleusen öffnete, wie ich jetzt seine Hand losließ und mich mit Sarah und Christiane in dem säuerlichen Gestank daran machte, ihn zu waschen, ihm ein frisches Hemd anzuziehen, wie wir ihn auf die Metallpritsche legten, die kalt und hart war. Wie ich noch denken musste, dass er sich wund liegen werde, wie wir ihn zur Tür schoben und darauf warteten, dass der Fahrdienst käme, um ihn in die Kühlkammer zu bringen, wie ich das Fenster öffnete und der Gestank trotzdem nicht aus dem Raum weichen wollte, das alles sinkt jetzt herab und das Wasser spült mir den Tod, diesen Irrtum, aus der Nase. Und als ich drüben bin, am anderen Ufer, und das schwere Grün sehe, weiß ich, dass es Dich immer noch gibt, dass ich jetzt wieder befreit und leicht nach Hause gehen kann, die paar Meter nach oben, ich werde mein Handtuch über den Heizkörper im Bad hängen, einen Apfel essen und den Wecker aufziehen und mich schlafen legen in diesen hellen Tag hinein.

~~~

Ich war mir lange nicht sicher, ob das alles so stimmt, dass niemand wirklich verschwindet, dass auch nur irgendetwas bleibt: Das war damals, Richard, Dein Sarg, den ich damals
~~~

auf dem Friedhof nicht mit herabgelassen habe, ich hätte das so gerne gemacht, aber Jakob, Kristina, Damaris, Sophie, Christoph und Dora haben ohne mich entschieden, irgendwer hatte es mit Deinen Eltern ausgemacht, es hat mir wehgetan. Immerhin habe ich mit den anderen an Deinem Grab singen können. Ich bin an jenem Nachmittag nicht mit zum Leichenschmaus, ich bin hierhergefahren und habe mich ausgezogen und den Wind über meinen Körper streichen lassen und mir vorgestellt, dass es Deine Hände sind, Richard, die mich berühren, und ich habe gehofft, dass es bleiben würde, das Gefühl für Deinen Körper.

Eines Tages habe ich diesen Knoten in der rechten Brust ertastet, und als ich zum Arzt ging, hat er mich sofort hierher in die Klinik überwiesen, und sie haben hier zwar gute Chancen für mich gesehen, aber sicher war ich mir nicht, mein Vater hat geweint, als ich ihm zu Hause davon erzählt habe, weil er gedacht hat, ich sterbe ganz sicher, und meine Mutter hat bestimmt auch geweint, nur hatte sie vor allem noch mehr Angst, dass es sie auch treffen könnte. In dem weißen Raum, wo ich regelmäßig mit zwei anderen Frauen lag und sie uns diese Pyrimidinanaloga und Folsäureantagonisten ins Blut leiteten, habe ich mich anfangs gefühlt wie in einem Sarg, und vielleicht auch durch diese unsägliche Übelkeit hatte ich Angst, dass ich sterben werde. Die zwei anderen Frauen haben während der Chemotherapie sogar geschwatzt, eine Journalistin von der *Schweriner Volkszeitung* hat immerzu gejammert, warum ausgerechnet sie, und hat uns von den falschen Prognosen erzählt, sie war wie der Advokatus Diaboli, der wollte, dass meine Angst vor dem Tod bei mir blieb. Die andere hingegen, eine Bäckerin aus

Sülstorf, war das genaue Gegenteil, sie erzählte, sie sei schon das dritte Mal wegen Krebs hier in Behandlung. Und sie war die Zuversichtlichste von uns und hat uns Mut gemacht, dass wir uns das ruhig mal angucken könnten, jetzt, wo wir schon mal da seien, und hat dann von ihrer Arbeit in der Bäckerei erzählt, wo sie jetzt einen Kurden beschäftige, der aus dem Iran geflohen sei und der mit zwei anderen Gesellen den Betrieb am Laufen hielte. Auch wenn ihr manchmal hundeelend sei und sie manchmal gar nicht riechen könne, was gerade gebacken würde, weil ihr der Geruchssinn zeitweise abhanden komme, sei es für sie ein Fest, an manchem Morgen, bevor sie hierherkomme, noch einmal in die Backstube zu gehen und zu sehen, dass alles auch ohne sie liefe. Das sei das Schönste, und es mache sie sehr zuversichtlich, die Reihen der frisch gebackenen Graubrote in den Regalen zu sehen, deren Kruste im Abkühlen zart knisterte, die Hörnchen und Mundsemmeln und die Schrotbrötchen, die kurz nachdem sie aus dem Ofen kamen, so wunderbar duften konnten. Sie war die Gegenstimme zu der jammernden Journalistin, und so schöpfte ich tatsächlich Mut. Ich würde einfach an dem festhalten, was mir guttäte, und so packte ich mir jedes Mal ein Handtuch ein und ging, manchmal auf wackligen Beinen, nach der Sitzung weiter hinunter an den See, egal, wie schlecht mir war, und egal, wie langsam ich nur gehen konnte, immer versuchte ich zu schwimmen. Und Frau Dr. Degenhardt, die mich betreute, sagte einmal zu mir, dass sie das gar nicht glauben könne, dass ich immer noch schwimmen gehe, dass sie mich regelrecht dafür bewundere … Manchmal hatte ich auch keine Kraft und stand nur kurz im Wasser in dieser Uferzone, in diesem feinen weichen

Sand und beobachtete, wie meine Tritte am Boden kleine Wellen auslösten und den braunen Blätterteppich für Sekunden zum Schweben brachten. Als mir bald die Haare ausgingen, wünschte ich mir nichts sehnlicher, als dass die paar Stoppeln, die mir geblieben waren, wie die Pollen in diesem See, dem Ziegelsee, treiben sollten. So wusch ich mir eines Tages vornübergebeugt im herbstlich-kalten Wasser einfach den Kopf, beobachtete, wie meine letzten Härchen, ich besaß schon kaum noch welche, wie eigentlich nur noch der letzte Flaum davontrieb auf dem Wasser, sah darin mein Gesicht, sah mein Erschrecken über meine Kahlköpfigkeit, meinen Ekel über meinen Verfall und der See spiegelte mir meine Angst vor dem Sterben. Und auf einmal war mir davon so schlecht, dass ich mich in den See erbrach, und zitternd vor Kälte sah ich meinen rötlichen Auswurf im Novembernebel im Wasser sich auflösen, auch dieses Erbrochene ließ ich also hier und spülte mir mit einigen Händen frischen Wassers Gesicht und Mund.

Die schlimmste Zeit war die, als die Tage so unheimlich kurz waren, morgens im Dunkel in diesen Raum zu kommen, wo sie das Licht nur leidlich gedimmt hatten, es stach in meinen Augen, das war manchmal fast schlimmer als die Übelkeit und die Schmerzen im ganzen Körper. In dieser Zeit war immer noch nicht klar, ob alles gut gehen würde, sie hatten nochmals Metastasen gefunden, ich sagte meinen Eltern nichts davon. Eines Spätnachmittags, wenige Tage vor Silvester, hatte es zu schneien begonnen, und als ich aus dem Taxi stieg, das mich zur Chemotherapie brachte, war kaum ein Laut aus der Stadt zu hören, nur das sanfte Gurren des Motors und das Knirschen der Reifen. Die Bäckerin war auch noch einmal da, aber nur, um mir zu sagen, dass sie als geheilt entlassen war, und sie drückte mir die Hände und sagte mir, alles würde gut ... Nach der Sitzung war ich benommen und gierig nach frischer Luft wie selten zuvor, vor Neujahr würde ich nicht noch einmal herkommen, sagte Frau Dr. Degenhardt, es sei denn, ich litte an schweren Nebenwirkungen. Vor der Rückfahrt bat ich den Taxifahrer, kurz zu warten, wenigstens ein Viertelstündchen, und ich ging ein letztes Mal für dieses Jahr hinunter an den See, ich war seit ein paar Tagen nicht mehr hier gewesen und sah schon von Ferne, dass der See in Teilen zugefroren war, nur in wenigen Uferzonen klafften dunkle Ränder. Ich ging also zu meiner Badestelle, in der Hoffnung, dass ich dort ein Loch im Eis finden würde, aber ausgerechnet hier war der See zugefroren. Ich fühlte mich schlecht, so, als ob es ein Zeichen wäre, dass ich diesmal kein Glück haben würde, als wenn ich nun tatsächlich sterben müsste, weil mein See mich verlassen hätte, mich nicht in der gewohnten Form empfing. Ich zog mir dann die Schuhe und Socken aus, um wenigstens ein bisschen barfuß auf dem Eis zu gehen. Da bemerkte ich, dass ein paar Meter weiter draußen, am Rande der Sumpfbinsen, ein Schwan saß, und ich erschrak sehr, denn der Wind hatte aufgefrischt, er kam von Norden, und schon seit gestern waren die Temperaturen mindestens bei zehn Grad unter null. Und wenn sich der Schwan nicht wegbewegte, dann würde er so unweigerlich anfrieren, dieser schöne Vogel. Ich hatte Mitleid mit ihm, gern hätte ich ihn gerettet, er fauchte in meine Richtung und hob die Flügel, und da sah ich, dass das, was ich befürchtet hatte, schon eingetreten war: Der Schwan war bereits festgefroren und kam nicht mehr vom Fleck, nur diese wenigen Meter vom Ufer entfernt saß er fest. Ich sah mich um und griff einen Stock aus dem Gebüsch, irgendeinen Ast, machte einen Schritt auf den See, das Eis knackte und zwitscherte leise unter meinem Gewicht, und der Schwan fauchte wieder in meine Richtung und hackte plötzlich mit seinem Schnabel nach dem Stock, bekam ihn endlich zu fassen und riss ihn mir aus der Hand. Der Schnee stiemte weiterhin über den See heran, und ich konnte nichts weiter machen, der Schwan fauchte und schüttelte den Kopf, als wollte er mir sagen, dass es keinen Zweck habe, ihn zu retten. Das Eis knackte wieder, und mit schlechtem Gewissen schob ich mich rückwärts vom See, der Schwan behielt mich dabei fest im Blick, so, als wollte er mir sagen: »Rette mich ja nicht!« Was sollte ich machen? Ich wusste es nicht und ging zur Pförtnerin am Haupteingang, um sie zu fragen, wer helfen könnte, aber sie zuckte nur mit den Schultern, redete etwas von der Parkverwaltung, die ich anrufen solle. Der Taxifahrer, der ärgerlich an seinen Wagen gelehnt rauchte, weil ich zu spät war, wusste es auch nicht.

Dann war Weihnachten, und ich saß mit meinen Eltern in ihrem Haus vor dem Tannenbaum und wir sprachen nicht über meinen Bruder, der mit Vitus in Dresden Weihnachten feierte, meine Eltern kamen immer noch nicht damit klar, dass die beiden ein Paar waren, und wenn jemand nach dem Weihnachtsgottesdienst fragte, wie es ihm gehe, sagten sie »gut« oder »fühlt sich wohl in Dresden«, das war dann alles. Wir sprachen auch nicht über die Krankheit, meine Eltern fragten nicht danach, was die Ärzte gesagt hatten, und ich sagte von mir aus auch nichts. Und dann dachte ich daran, dass diese eine junge Assistenzärztin neulich zu mir gesagt hatte, dass sie »guter Hoffnung sei«, und wie die Journalistin und eine neue Patientin, die nach der Bäckerin gekommen war, darüber gewitzelt hatten, dass die bestimmt gar nicht wisse, was das heiße, guter Hoffnung zu sein … Und dann, dann fiel mir ein, dass ich den Schwan dort auf dem Eis einfach alleingelassen hatte, und fürchtete, dass dieser Schwan, dass so, wie er da in dem Eis festsaß, dass er ein Zeichen sein könnte, dass ich jetzt, weil ich ihm nicht geholfen hatte, tatsächlich sterben müsste, dass ich im neuen Jahr die endgültige Diagnose bekommen würde. Davon sagte ich meinen Eltern allerdings nichts, ich ertrug die nagende Angst und Übelkeit und rührte den Gänsebraten nicht an, der bei uns immer erst am zweiten Weihnachtstag auf den Tisch kommt, er sei mir zu schwer, und meine Eltern fragten mich auch glücklicherweise nichts. Ich dachte an Dich, Richard, dass Du so plötzlich gestorben bist, wegen dieser Lappalie, an der Tankstelle, dachte an Damaris, die jetzt im Alten Land ihre Äpfel züchtet, die auch weggegangen ist, damit sie nicht immer an Dich erinnert würde. Ich dachte an Deine Geschichten aus dem Plastewerk, an Jakob, der dort auch mal gearbeitet hat, daran, dass ich mit Jakob ausgerechnet im Neumühler See baden gegangen bin und an dem einen Abend, an dem es mir so schlecht ging, auch dort mit Jakob saß, während Du auf der anderen Seite mit Olga oder Herrn Stetzuhn oder wie auch immer die alle hießen, in der Spätschicht warst und in den Pausen schwimmen gingst, heimlich, weil ihr ja eigentlich nicht vom Werksgelände durftet. Der Tannenbaum war mit Strohsternen und Äpfeln aus Pappmaché geschmückt, er stand neben dem Terrassenfenster, hinter dem es unablässig schneite. Und ich dachte an Jakob, fragte mich, was er jetzt machte, er wollte ja Theater machen, und ich suchte ein paar Mal im Netz nach ihm, fand aber nur Ankündigungen, die vier Jahre oder älter waren, und gab es irgendwann auf. Vielleicht war er auch krank geworden? Lebte er noch? Hinten auf der Terrasse stand ein Blumentopf mit einem kleinen Strauch darin. Der war mittlerweile so zugeschneit, dass er nur noch einen Hügel in der Schneefläche der Terrasse bildete, genauso wie vielleicht der Schwan jetzt auch nur noch ein Hügel im Eis war. Ich hatte in den Tagen immer wieder den Impuls, dort hinzufahren, um zu sehen, ob er es doch noch geschafft hatte, weil das mein schlechtes Gewissen beruhigt und meine böse Vorahnung kleiner gemacht hätte, aber ich wollte meinen Eltern nicht die Frage beantworten müssen, was ich dort zwischen den Jahren suchte. Von dem Schwan mochte ich ihnen nichts erzählen.

Als ich dann nach Neujahr wieder in die Klinik kam, diesmal nur zu einer Kontrolle, ließ ich mich vom Taxifahrer bewusst ein wenig eher vor dem Tor absetzen. Denn ich wollte zum See hinunter und schauen, ob der Schwan noch da war. Es hatte die ganze Zeit über nicht getaut und ich stieg durch hart gefrorenen Schnee die Böschung hinab, meine Beine schmerzten. Unten war der See glatt und ich sah, wie das Weiß im Sonnenlicht funkelte, der Schnee lag hoch, aber dort, wo die Spitzen der Sumpfbinsen aus dem Schnee ragten, sah ich diese kleine Erhebung, einen kleinen Hügel. Mit den Füßen schob ich den Schnee drumherum beiseite, unter dem dunkelgrün das Eis lag. In der Mitte des Kreises war tatsächlich der Schwan, er hatte seinen Hals noch um seinen Körper gebogen, in dem Versuch, den Hals unter einen Flügel zu stecken, aber es war ihm nicht gelungen, kurz vorher schien er keine Kraft mehr gehabt zu haben; das eine Auge sah mich starr an. Ich streichelte über das Gefieder an seinem Hals, strich auch den restlichen Schnee von diesem Körper und versuchte schließlich, an ihm zu ziehen und ihn aus dem Eis zu befreien, aber er war schon zu festgefroren. Also nahm ich von dem Schnee, der um ihn herum lag, und deckte ihn wieder zu, im nächsten Frühjahr schon würde nichts mehr von ihm da sein. Als ich nach oben ging, weinte ich und wusste eigentlich nicht, warum, vielleicht, weil mir der Schwan leidtat, vielleicht, weil ich Angst davor hatte, das Krankenhaus erneut zu betreten, weil ich nicht hören wollte, dass es nicht gut ausgehen würde mit mir.

Auf dem Gang kam mir Frau Dr. Degenhardt schon mit einem breiten Grinsen entgegen, sie hielt mir die Tür zu ihrem Sprechzimmer auf und bat mich mit einer ausladenden Geste, Platz zu nehmen, und kam sofort zur Sache: Es sähe sehr gut aus, sozusagen famos, und ich könne in den nächsten Wochen, sicher, ganz sicher, als geheilt entlassen werden. Dann erklärte sie mir die verschiedenen Werte, aber ich hörte gar nicht mehr richtig zu, spürte nur der Erleichterung nach, die in mir aufstieg, sah ihren schmalen Fingern zu, wie sie über das Papier tanzten. Und wurde ganz glücklich beim Anblick ihrer glatten Handrücken.

Der Winter dauerte noch ein paar Wochen, und dann fing es mit einem Mal an zu tauen. In dieser Zeit war ich schon wieder kräftig genug, um ein wenig Fahrrad zu fahren und in der Agentur zu arbeiten, und so fuhr ich, wenn ich diese Prospekte und Corporate Designs entwickelt und mit der Druckerei telefoniert hatte, nachmittags auch einfach so an den See.

Der Schwan steckte also noch bis Mitte Februar im Eis. Dann taute es das erste Mal und irgendein Tier verging sich an dem Kadaver, oder die Verwesung ging schneller, als ich es gedacht hatte. Jedenfalls waren irgendwann nur noch die Rippen und einige Federn da, und als im März das Eis komplett verschwand, gab es auch keine Spur mehr von dem Schwan, das Wasser kräuselte sich, als sei es nie in dieser winterlichen Erstarrung gewesen. Vielleicht ruhten seine Knochen jetzt schon auf dem Seeboden, zwischen Sumpfbinsen, Wasser-Knöterich und Tausendblättern, vielleicht sammelten sich Muscheln dort, spielten Stichlinggruppen unter seiner Wirbelsäule, besuchten Brachsen und Plötzen ihn, um die letzten Hautreste von seinem Schnabel zu knabbern.

~~~

Jeden Tag gehe ich schwimmen, jeden Tag klettere ich das steile Ufer zum See hinunter und ziehe mich aus. Frühmorgens, vor sechs Uhr, am Nachmittag, am späten Abend oder in der blauen Nacht, im Sommer wie im Winter, in der schrägheißen Sonne eines Augustnachmittags genauso wie in der eisnebeligen Luft eines dunklen Dezembermorgens. Ich schwimme und das Wasser umschließt mich und gleitet an meinem Körper entlang, und ich liebe es, dass es mich umschmeichelt und liebkost im Sommer und ich spüre, dass es mich gibt und dass Du irgendwie auch da bist. So wie
~~~

vielleicht nichts wirklich verloren gehen kann. Neulich habe ich Damaris besucht auf ihrem Apfelhof. Christophs und Sophies Tochter hatte ihre Konfirmation und aus irgendeinem Grund waren sie danach zu Damaris auf den Apfelhof gekommen. Und als die anderen schon einiges getrunken hatten und Dora von der Arbeit in der Staatskanzlei in Wiesbaden erzählte und wie toll der Austausch mit ihrer Mutter gerade sei, und Sophie dann wieder anfing, über ihre Eltern herzuziehen, sodass Christoph nach dem sicher x-ten Glas Wein nur noch stumm in die Flammen blickte, weil ihm das Geschwätz von Sophie peinlich war, als Kristina erzählte, sie habe vor mehreren Jahren Jakob getroffen, der sei vom Theater weg, der sei jetzt tatsächlich Lehrer, in Schwerin, sogar an seinem alten Gymnasium am Fritz, wie sie sagte, da hielt ich es nicht mehr aus und ging nach hinten in den Garten unter die Bäume. Es war Spätsommer, zwischen den Kronen der Bäume blinkten die Sterne hindurch, und ich sah, dass die Äpfel schon groß und bald reif waren. Ich lehnte mich an einen Stamm und lauschte den Grillen im Gras, das zwischen den Bäumen wild wucherte, als ich durch das Zirpen Schritte hörte.

Damaris kam und setzte sich neben mich und gemeinsam saßen wir eine Weile zu zweit im Gras und schwiegen und sahen nach oben in die Wasser des Himmels und dachten daran, wie wir einmal im Chor gesungen hatten. Ich wollte wissen, ob die Äpfel dieselben seien wie auf den Plantagen, die sie hier in der Nähe von Jork bewirtschaftete, und sie schüttelte den Kopf, Altländer Pfannkuchenapfel, sagte sie, und auch jetzt noch nicht reif, sondern erst ab Ende Oktober. »Komm«, sagte sie und wies mit dem Kopf weiter in die Tiefe des Gartens. Ich stieg ihr in die Dunkelheit nach, durch das hohe Gras, durch das bisweilen unterbrochene Zirpen der Grillen. Kurz vor dem Zaun, hinter dem die eigentliche Plantage lag, stand ein Bäumchen, etwas schmaler als die anderen, aber auch voller Äpfel. Damaris griff ins Gezweig und pflückte einen Apfel: »Hier, koste mal den«, sagte sie, und ich rieb den Apfel kurz an meinem T-Shirt sauber und biss hinein und schmeckte eine feine Säure, dahinter eine aufkommende Süße im festen Fleisch. Es sei der jüngste Baum hier, ein Sommerkönig, das Reis habe sie damals von Richard geschenkt bekommen, und es sei der erste Baum, den sie selbst veredelt habe. Ich sagte nichts dazu, nickte nur, wusste aber nicht, ob sie das in der Dunkelheit überhaupt wahrnahm. Dann biss ich einmal noch ab, spürte dem Geschmack der Frucht nach, der sich in meinem Mund ausbreitete. Damaris erklärte mir noch, wo sie das Edelreis aufgepfropft hatte, und leuchtete mir mit dem Telefon an die Stelle der Kopulation, an den Geißfuß, ich nickte und nickte, und dann machte sie das Licht wieder aus. Wir sahen nochmals zu den Sternen hoch, ich sah Damaris lächeln. Wir liefen zurück, auf den roten Schein zu, schritten weit aus im hohen Gras. Die Gespräche waren aus irgendeinem Grund plötzlich verstummt, wir hörten nur das Knacken der trockenen Äste in den Flammen.

Fin de Partie

~~~~~~~~~~
~~~~~~~~~~

Am Tag liegt der See hinter den Bäumen glatt und die Fährschiffe gleiten lautlos und klar über das Wasser. Erst am Abend kommt ein Wind auf, und wenn du nach dem Zubettgehen in dem Zimmer liegst, das du dir mit Meral die letzten Tage geteilt hast, dann siehst du im Dunkelblau der Luft die Reflexe, die der See an die Zimmerdecke spült. Du schaust gern auf den See in der Nacht, aber am meisten liebst du dieses Blinken und Flackern an der Zimmerdecke. Im Dunkeln liegst du da und beobachtest die Notenschlüssel und Fingerspitzen, die über die Decke wandern, und lauschst dem Wind durch das angekippte Fenster. So lange schaust du an die Decke, bis es egal ist, ob du die Augen offen oder geschlossen hältst. Bis du vergisst, dass du einen Körper hast, einen der verletzlich und endlich ist, bis du eins wirst mit dem warmen Fleece des Schlafsacks und ganz ruhig vom Schwappen der Wellen und vom Windzug, der jetzt durch das angekippte Fenster weht, der über deine Wangen streicht wie meine Hände damals und weiterzieht bis in den Flur, wo er am Probenplan zupft, den Priebe neben die Tür an die Raufasertapete gepinnt hat, weiter zum Gasofen im Bad, der ab und zu wummert, rauscht, mit leisem Tick-tick-tick sein Flämmchen schlagen lässt, das für ein paar Augenblicke blau und gelb hinter einem Kontrollfensterchen hüpft und dann plötzlich schweigt. Dann hörst du das Knistern der Schnaken, die sich unter der Decke in die Notenschlüssel verirren, sich verhaken und nicht von ihnen loskommen, bis sie irgendwann erschöpft zu Boden fallen. Morgen wirst du ein letztes Mal die toten Insektenkörper aufsammeln und sie auf den Balkon tragen.

Vorhin hast du den Bericht über eure Premiere gelesen und währenddessen pochten die Motten sacht an das Fensterglas, so als wollten sie etwas dagegen einwenden, so als wollten sie dagegen protestieren, dass deine Zeit hier zu Ende geht. Es war keine gute Kritik, es war keine schlechte Kritik, sondern eine, deren Inhalt du sofort wieder vergaßest. Denn der Applaus gab euch Recht, auch dir in deiner Mülltonne. Jetzt singen dir die Mücken ein Schlaflied. Es ist deine letzte Nacht hier.

Meral, Emmy und Peter sind schon vor einer Woche abgereist, nur du bist noch da, in dieser Wohnung, die euch die Genossenschaft für die Zeit der Proben zur Verfügung gestellt hat. Einen Monat mietfrei hatten sie euch versprochen, einen Bericht im Stadtmagazin sollte es geben, über die Künstler, die hergekommen waren, um Beckett ins Landwirtschaftsministerium zu bringen, und eine Ankündigung in der Zeitung, die eure Namen schließlich falsch druckte, aber ein schönes Foto von allen brachte in den schwarzen Kostümen, in einer Probenpause am Ufer des Faulen Sees, vor dessen gleißendem Wasser ihr besonders elegant wirktet.

In dieser letzten Nacht musst du das erste Mal seit Langem an mich denken, bist du plötzlich ganz bei mir und siehst mich an mit deinen skeptischen Augen, Kristina. Du denkst an die Leere, die euch hier empfangen hat. Keine Möbel außer einem großen Esstisch aus Pressspan, der mit schwarzer Furnierfolie bezogen ist, ein paar Plastikklappstühle im Wohnzimmer, eine Einbauküche in Weiß mit einem Wasserkocher. Emmy ließ vor Schreck ihre Tasche fallen, als sie in die Wohnung kam. Ihr habt dann im Schlafsack auf Luftmatratzen geschlafen. An der Flurwand steht ein Kleiderständer, daran deine leichte Frühlingsjacke, die du dir nach dem Vordiplom bei Burberry gekauft hattest. Daneben hängt noch der Probenplan, von Priebe mit einer Reißzwecke festgemacht.

Es klang fast wie ein Vorwurf, als dich Emmy und Meral nach der Kennenlernrunde in einem italienischen Eiscafé am Dreescher Markt fragten, warum du hier mit ihnen wohnen wolltest, und du hast dich schuldig gefühlt, denn deine Eltern wohnen ja in der Stadt. Ich erinnere mich, nur ein paar Kilometer weiter am Ostorfer See steht ihr Haus, auf dem Dwang, dieser Halbinsel, dahinter, zum See hin, das terrassenartig abfallende Grundstück, der Bootssteg unter einer Trauerweide, wo du im Sommer oft gelegen hast, vertieft in ein Buch, endlose Nachmittage lang, zwischendurch von den Seiten aufschautest und dich hast blenden lassen von den glitzernden Reflexen der Sonne, die auf den Wellen schaukelten. Auf diesem Steg hast du das erste Mal davon geträumt, auf der Bühne eines Theaters zu stehen und alle würden dich ansehen … Aber vorerst hast du hier auf dem Steg unter der Trauerweide gelegen oder auf deinem Bett unter der Dachschräge in deinem Zimmer.

Emmy und Meral konnten es nicht wissen, aber ich weiß es: Du wolltest deine Eltern nicht sehen, denn sie sollten dich vorher auf der Bühne sehen, das hast du aber nicht gesagt, sondern dass ihr euch als Gruppe so besser zusammenfinden könntet, ihr kanntet euch ja nicht, lediglich Priebe kanntest du, aber der schlief wiederum tatsächlich bei seiner Mutter in der Schelfstadt.

Es war dein letzter Auftritt vor der Diplomprüfung, und ich habe das Blitzen in deinen Augen gesehen, wie du den Deckel der Mülltonne hochgeschoben hast, als unter der Decke das Klatschen der vielen Hände ineinanderpurzelte. Zwar mochtest du Beckett nicht und warst deshalb froh, als Priebe dir die Rolle der Nell anbot, die nicht so viel Text hatte, auch wenn das bedeutete, dass du fast nur in der Tonne sitzen und auf deinen Einsatz warten würdest. Aber du hattest Gefallen gefunden an dem Gedanken, auf der Bühne zu sein und doch auch wieder nicht ...

Mit den anderen hast du dich gut verstanden, Anett hatte nicht allzu viel gestrichen, und weil der Deckel nicht richtig schloss und ein kleiner Lichtstreifen hineinfiel, hattest du dir die jeweils letzten Worte vor Deinen Einsätzen an die Innenseite der Mülltonne geklebt ...

Ihr habt gleich in der Aula des Landwirtschaftsministeriums geprobt, jeden Morgen seid ihr am Faulen See entlanggelaufen. Oft habt ihr dabei kein Wort gesprochen, ihr habt in die Blätter der Bäume geschaut, die unruhig flirrten und rauschten, und du hast an das Drachenbootrennen im Sommer vor dem Abitur gedacht und an Paula, die hier früher um die Ecke gewohnt hat, an die Besuche bei ihr, nach der Schule im Krankenhaus, an ihren ausgemergelten Körper, an die Nasensonde mit der sie zwangsernährt wurde, weil sie sich sonst zu Tode gehungert hätte. Und angekommen in der Aula hast du auch an unsere Nachmittage im Schultheater gedacht, denn im Ministerium war es ein bisschen wie im Schultheater: Eine Bühne, die zu hoch war, sodass das Publikum in der ersten Reihe den Kopf in den Nacken legen musste, die grauen Vorhänge schlossen nicht und die Elektronik setzte von Zeit zu Zeit aus, aber Priebe hatte von irgendwoher üppige Fördergelder bekommen und gesagt, ihr solltet euch nicht beschweren. Das Honorar war in Ordnung. Keiner sah euch je beim Proben zu, und zwei Wochen lang kam es euch vor, als ob ihr es nur für euch tätet und es niemanden sonst interessierte.

Nach den Proben hast du den anderen die Stadt gezeigt. Ihr seid an deiner alten Schule am Totendamm vorbeigelaufen, und du hast erzählt, dass der so heißt, weil das Gebäude auf einem ehemaligen Friedhof steht, und dass es dich mit einem besonderen Zauber verbindet, dass du täglich in einem Gebäude gelernt, täglich auf einem Pausenhof herumgestanden hast, bei dem unter deinen Füßen die Reste der Toten durch das Erdreich sickerten. Du hast ihnen den Club gezeigt, in dem du zum ersten Mal mit einem spillrigen Jungen geknutscht hast, der dir danach erklärte, dass du überhaupt nicht küssen könntest, von dem du dir aber ein paar Schnäpse ausgeben ließest, weil du ihn in der Hoffnung lassen wolltest, dass ihr euch danach im Park lieben würdet, aber am Ende war er zu betrunken. Das alles hast du ihnen natürlich nicht erzählt, sondern nur, dass das ein Hardcoreschuppen war, wo sogar japanische Bands abstiegen, und alle waren erstaunt, dass es so was hier überhaupt gab. Dann deine Lieblingsbuchhandlung, Häuser, in denen Freunde mal gewohnt hatten, und einmal fuhrt ihr mit dem Bus sogar zu dem Plastewerk am Rande der Stadt, in dem alle Abiturienten irgendwann mal in den Sommerferien gearbeitet hatten.

Das Krankenhaus, in dem dein Vater Medizintechniker war, hast du aber ausgelassen.

Ansonsten habt ihr sehr diszipliniert gearbeitet, und in den etwas mehr als zwei Wochen, die ihr insgesamt zusammen wart, bist du nie mit den anderen zusammen ausgegangen. Mit Meral warst du einmal im Staatlichen Museum und ihr habt euch die Hosen angeschaut, die Marcel Duchamp für Männer mit erigierten Penissen genäht hatte. Mit Emmy bist du in den Zoo gegangen, zur öffentlichen Fütterung bei den Pinguinen und zu den Straußen mit ihren müden, schmutzigen Flügeln, und einmal abends wart ihr am Strand, wo sie in einem fort geheult hat, weil sie im letzten Herbst schwanger gewesen war von einem Mitstudenten aus Bochum, der aber gedroht hatte, sie zu verlassen, wenn sie nicht abtreibe, und sie hatte tatsächlich abgetrieben und war trotzdem von ihm verlassen worden. Und während du dir das alles angehört hast und Schwerin mit seinen Lichtern über das große Wasser herüberfunkelte bis zu eurem Strand, heulte Emmy Rotz und Blubber, unterbrach sich aber andauernd und schaute sich um, weil noch so viele Spaziergänger unterwegs waren und ihr das peinlich zu sein schien, wenn die anderen so mithören konnten. Der Geburtstermin hätte kurz vor eurem Probenbeginn gelegen.

Peter fragte dich zwei Tage vor Premiere, ob du deine Eltern eigentlich eingeladen hättest. Du hast sie immer eingeladen, aber diesmal eben nicht, und dass es ja groß in der Zeitung stehe, mit einem Bild von allen darauf. Deine Eltern hatten die Zeitung abonniert, sie würden gar nicht anders können, als das zu lesen, und du hast gehofft, sie würden stolz sein, wenn sie dich dort sähen, und würden in jedem Fall kommen, es gab immerhin vier Vorstellungen. Außerdem waren sie schon zu einigen Premieren eingeladen gewesen. Im *Prater* hast du mal mit Fabian Hinrichs zusammen gespielt, nichts Großes, einen kleinen Dialog über Eifersucht in einem Stück von Pollesch mit einem irrsinnig langen französischen Titel, irgendwas mit *occupe toi de Sophie …*, du hattest ihnen das geschrieben, sogar in einen Briefumschlag ihnen die Premierenkarten hineingetan, zweite Reihe Mitte. Gekommen war nichts. Keine Antwort und auch sie nicht. Am Tag vorher rief dein Vater noch an, dass sie gerne kommen würden, aber nach der Arbeit noch extra nach Berlin zu fahren, das sei ihnen zu anstrengend.

Gut, hast du damals gedacht, deine Mutter als Ärztin, Donnerstag ihr langer Tag, dein Vater seit einiger Zeit der einzige Mitarbeiter in der Medizintechnik.

Es gab dann noch eine Vorstellung in Rostock, ein Austausch zwischen den Schauspielschulen. Du hattest sie erneut eingeladen und gedacht, Heiner Müller, *Zement*, DDR-Themen, das könnte was werden. Aber es klappte wieder nicht. Dass sie nicht nach München kamen oder nach Chemnitz, als du dort bei Wettbewerben warst, hast du eingesehen. Dennoch gabst du immer vorher Bescheid.

Diesmal sollte es halt anders sein, ließest du Peter wissen, diesmal sei alles in ihrer Stadt, und dann kämen sie bestimmt. Emmy fand das sinnvoll und sagte noch was davon, dass du halt eine typische Jungfrau seist, also Jungfrauen seien prädestiniert für magisches Denken, und typisch sei auch, dass es dann auch aufgehe.

Am Tag vor der Premiere ging dann alles schief, genauso, wie es sein muss. Eine Taube flog in das Wohnzimmer und fand nicht mehr den Weg nach draußen, flatterte im Raum herum, schiss auf die Tastatur von Anetts Laptop und knallte ein paar Mal gegen die Fensterscheibe, die davon einen Riss bekam, blieb anschließend gurrend auf der leeren Gardinenstange sitzen und bewegte sich kein bisschen mehr. Priebe, der gekommen war, um euch abzuholen, öffnete schließlich die Tür zum Balkon und das Fenster und ging mit euch proben.

Auf der Probe verpassten bis auf Peter alle ihre Einsätze, du bist in deiner Mülltonne eingeschlafen, und als du hinterher rausklettern wolltest, waren deine Beine so taub, dass du auf der Bühne der Länge nach hinschlugst.

Du hast an deine Eltern gedacht, an das Segelboot, das unten am Steg lag, an den Blick aus deinem Zimmer, über den See und auf das gegenüberliegende Ufer, wo oft ein dicker alter Mann nackt badete.

Der Saal war ausverkauft. Bis auf den letzten Platz saßen die Leute, ab und zu hast du durch den Schlitz zwischen Deckel und Tonnenrand geschaut, es waren doch viele bekannte Gesichter da, deine alte Deutschlehrerin, Malte, der jetzt irgendwo an der Uni über keltische Lyrik forschte, wie er dir später erzählte, Sophie und Christoph und Jakob. Du wusstest nicht, ob sie extra deinetwegen hergekommen waren, du konntest dir das nicht vorstellen, es waren Semesterferien, aber von denen studierte bestimmt keiner mehr. Du warst die Letzte, die noch studierte. Nächste Woche war Diplomvorspiel in der Hochschule. Du hast immer mal wieder geschaut, aber deine Eltern waren nicht zu sehen.

Als du aus der Tonne kamst, um deinen letzten Satz »Ich wüsste, was ich täte, ich flöhe« zu sprechen, bist du eine Weile länger oben geblieben als verabredet, aber sie waren offenbar wirklich nicht da.

Priebe, der in der ersten Reihe saß, sah dich an, du wusstest, dass er nicht zufrieden war, aber was wollte er machen, aus dem Publikum hatte niemand deinen Alleingang bemerkt. Du warst stolz.

Deine Deutschlehrerin umarmte dich, das hatte sie noch nie getan, und du weißt auch nicht warum, ihr hattet euch Jahre nicht gesehen und du hattest ja keine besondere Rolle. Malte sagte später, dass sie gerade etwas angeknackst wäre, weil ihr Mann im Krankenhaus lag. Schlaganfall. Dann umarmte auch Malte dich, wirklich schön sei das gewesen, und winkte gleich danach mit den Autoschlüsseln, er müsse wieder nach Potsdam, weil morgen früh Sprechstunde sei und er noch einen Kuchen backen wolle, weil sein Mann am nächsten Tag Geburtstag habe, aber heute, echt, das sei wirklich schön gewesen.

Dann schüttelte dir der Minister für Landwirtschaft die Hand. Er roch so aus dem Mund, wie du es von einem Landwirtschaftsminister erwarten würdest, und fragte, ob du die ganze Zeit in der Mülltonne gewesen seist oder ob es da etwa einen doppelten Boden gegeben habe.

Und dann gab es Sekt und Schnittchen, bis euch nach einer Stunde der Wachdienst zum Gehen aufforderte.

Schweigend bist du mit Anett durch die Schloßgartenallee zurück zur Wohnung gelaufen. Anett hat eine Zigarette nach der anderen geraucht. Der Zoo war ganz dunkel, die Flutlichter hatten sie ausgeschaltet, und Anett meinte, dass Schwerin eine ausnehmend schöne Stadt sei, ob du dir nicht vorstellen könntest, hier wieder zu leben. Wenn sie Familie hier hätte, würde sie alles dafür geben, aber sie habe keine richtige Familie mehr, ihre Mutter lebe nicht mehr und der

Vater sei vor ein paar Jahren, sie machte eine Pause, zu seiner neuen Frau nach Thailand gezogen. Ihr quertet gerade die Fußgängerbrücke über der vierspurigen Straße, die hattet ihr in den letzten Tagen nur dann benutzt, wenn ihr zum See wolltet. Es gebe im Grunde nur sie, ihren Freund und ihre Tochter Hermine, acht Jahre, sagte sie. Du hast gesagt, dass das schon sehr viel sei, und sie bot dir eine Zigarette an, und gemeinsam habt ihr auf den Fernsehturm hinter eurem Wohnblock geschaut und auf die unter euch fahrenden Autos geascht.

In der Wohnung brannte noch Licht. Peter war schon im Schlafsack, neben sich ein paar Blätter, seinen neuen Text, in vier Tagen sollte er einen Dreh in Stralsund haben, Emmy saß mit blassblauem Gesicht im Wohnzimmer auf dem Fußboden und tauschte mit jemandem Nachrichten aus, den sie neulich in Köln kennengelernt hatte, Meral schlief bereits, und Anett klappte ihren Rechner auf, um mit ihrem Freund in Frankfurt zu skypen. Und du bist in das Zimmer, hast dich im Dunkeln ausgezogen und bist in deinen Schlafsack gerutscht.

Jetzt liegt dein Schlafsack im kleinsten Zimmer auf der Luftmatratze und du weißt plötzlich nicht mehr, was du mit deiner Zeit hier machen sollst.

Das Telefon, das auf dem Fensterbrett neben der Balkontür steht, ist tot. Du könntest auch dein Telefon nehmen, aber dann würden sie die Nummer gleich sehen. Die Jeans, die du gestern gewaschen hast, ist trocken, du holst sie vom Balkon, legst sie in deinen Koffer und stellst ihn neben den leeren Kleiderständer im Flur. Du könntest jetzt gleich abfahren. Die Frau von der Genossenschaft hatte gesagt, ihr solltet die Luftmatratzen aufgepustet lassen und beim Gehen den Schlüssel in den Postkasten werfen. Du lässt deinen Koffer neben dem Kleiderständer stehen und den Schlüssel in deine Jackentasche gleiten, als du unten bei den Briefkästen bist. Draußen regnet es schwach.

Die Allee ist lang. Das dunkelgrüne Laub zwitschert unter den Tropfen und der graue sandige Boden glänzt feucht. Auf dem Grab liegen Steine. Ich bin mit Abstand der Jüngste hier. In der zwölften Klasse hatten wir nebeneinander auf dem Alten Friedhof gestanden, der ganze Lateinleistungskurs. Frau Düde hatte uns quasi gezwungen, hier mitzumachen, und so musste jeder von uns eine Totenrede für die im Zweiten Weltkrieg gefallenen Soldaten halten. Wehrmachtssoldaten in dem Fall. Weil Jakob träumte, als die Reihe an ihn kam, puffte ich ihn in die Seite, und Jakob trat erschrocken vor, stolperte, fiel auf die Knie und aus irgendeinem Grund hielt er dann seine ganze Rede auf den Knien. Er bekam eine Vier für seine Leistung. Frau Düde war verärgert und sagte, dass wir ein ungeheures Glück hätten, in Zeiten zu leben, in denen niemand so jung sterben müsse, und ich glaube, niemand hat damals gedacht, dass sie bei mir falsch liegen würde.

Der Regen nimmt zu, deine Haare werden ganz nass, hängen in Strähnen herunter. Unter einer Konifere liegt ein schöner roter Stein mit einer ganz weichen Oberfläche, den legst du auf das Grab und willst zur Straßenbahn gehen, als Jakob vor dir steht. Ihr seht euch an, er sagt nur »Kristina!«, und ihr umarmt euch wie früher zur Begrüßung vor den Chorproben, und aus seinen Haaren läuft Wasser in dein Gesicht. Erst willst du ihn fragen, wie er das Stück gestern fand, dann denkst du, dass es ausgerechnet jetzt und hier sehr unpassend ist. Du willst deinen Koffer holen.

Als der Schlüssel später auf den Boden des Briefkastens fällt, hallt es im ganzen Treppenhaus wider, aber es kann kaum einen stören, außer eurer Wohnung ganz oben und einer im Erdgeschoss ist das Haus mittlerweile unbewohnt.

Jakob läuft schweigend neben dir her und entschuldigt sich, dass er nach der Premiere so schnell weg war, er habe freitags in der nullten Stunde eine siebte Klasse in Latein, und ob denn deine Eltern gar nicht da gewesen seien. Du schüttelst den Kopf. In der Straßenbahn ist es so voll, dass ihr neben der Tür stehen müsst, und weil es draußen so grau ist, spiegeln sich eure Körper ein wenig in den Scheiben. Du fragst ihn, was das Theater macht, wie es denn zu dieser Entscheidung kam, und er zuckt mit den Schultern, dann fragt er noch mal nach deinen Eltern, und du zuckst auch mit den Schultern, und ihr müsst beide lachen. Bis dein Zug kommt, geht ihr im Bahnhof in das Bistro und esst eine Portion Fritten, beobachtet vom Tisch am Fenster die fleckigen Tauben in der Halle, und du fragst ihn aus über Sophie und Christoph, seine Zeit im Plastewerk, und Dora, die sich gefangen hat und jetzt einen Bioladen in Paris betreibt.

Zum Abschied tauscht ihr eure Handynummern, umarmt euch noch einmal in der Halle, du denkst daran, wie lange du schon niemanden mehr umarmt hast, einfach so, außer im Spiel, wenn es der Rolle entsprach, und hoffst, dass er es nicht merkt. Oben fährt schon der Zug ein. Er lächelt und sagt, dass du jetzt gar nichts mehr von dir erzählt hast, und du sagst, ja, das machst du bald, ihr holt das bald nach, und ihr dreht euch um und geht auseinander.

Fahrt

Vielleicht Dänemark. Sophie sieht in den Rückspiegel und biegt von der Bundesstraße ab, lenkt den Wagen über den Weg, der sich zwischen einzelnen Schlehen und Sanddorn hindurchschlängelt, hinter uns staubt es, aber der Wind treibt die Wolken schnell auseinander und über das Feld, auf dem niedriges Kraut wächst. Manchmal gibt Sophie Gas, muss aber meist sofort wieder wegen der großen Schlaglöcher, die hier überall sind, bremsen, dann wieder dreht sie hektisch das Lenkrad, um den Löchern auszuweichen, und der Wagen schwankt bedenklich. Sie hat den Führerschein seit einem Monat. Es ist zum Erbarmen. Ich sage das auch, sie solle mal nicht so hektisch sein, und sie ist gereizt. Das Klischee einer jungen Autofahrerin, denke ich, und blöderweise bin ich auch noch neidisch auf sie, dass sie das bis zum Ende durchgehalten hat. Mir war Autofahren immer unangenehm. Ich hatte nur mit der Prüfung angefangen, weil Mutter gedrängelt und Vater bezahlt hat, das Einzige, was er überhaupt machte. Aber nach der Theorie schaffte ich nur zwei Monate und hatte irgendwann einfach keine Lust mehr, neben einem Typen mit nikotingelbem Schnauzer zu sitzen, der mir beim Einparken erklärt, dass ich das ja für ’ne Frau ganz gut mache, und dabei diesen widerlichen Teergeruch ausdünstet, aus einem Mund, der unter den gelblichen Fusseln schon ganz verschwindet, und wenn ich dann mal bei der Überlandfahrt ein bisschen zackiger fahre – ist ja auch kaum was los auf den Straßen –, mir erklärt, ich würde nicht weiter denken, als ein Schwein scheißt, und mich dann auch noch fragt, ob ich wisse, wie ein Schwein scheißt. Da war bei mir Ende Gelände. Wir waren in irgendeinem Wald hinter Dreenkrögen. Wir halten an, Pinkelpause für mich und Ziese für ihn am Fensterschlitz. Ich steige aus und lass ihn in seiner dämlichen Karre sitzen, ich gehe sowieso zwischen die Bäume, damit er nicht guckt und am besten gehe ich gar nicht zurück. Als ich dann zurück bin, einsteige und den Motor anlasse, muss er plötzlich. Holt sogar 'ne Klorolle aus dem Handschuhfach, wusste gar nicht, dass er da sowas drin hat, und verschwindet im Wald. Sein Handy hat er in das Fach hinter dem Schaltknüppel gelegt, ich nehm also den ersten Gang rein und fahr los. Ich seh noch im Rückspiegel, wie er aus dem Wald gestolpert kommt, die Hosen in den Kniekehlen, aber ich halt nicht an. Meine bisher letzte Fahrstunde.

An einem Sanddorn direkt hinter dem Deich endet der Weg. Die Früchte leuchten orange in die graue Luft. Wir steigen aus und stapfen, während der Wagen hinter uns noch zweimal kurz blinkt, durch das Deichgras die Böschung rauf. Oben bläst uns der Wind ins Gesicht und ein graues Wolkenfeld treibt auf das Land zu. Die Ostsee drückt gegen den Strand, nur wenige Schritte vom Deichfuß entfernt branden die Wellen an.

Ich wollte eigentlich gar nicht her. Dass wir Dänemark sehen könnten, war Sophies Einfall gewesen, und mir war einfach nur langweilig. Mutter war vor einem halben Jahr nach Berlin gezogen und an den Wochenenden war Schwerin auf einmal seltsam leer. Eigentlich haben wir mit Mutter nie was zusammen gemacht, Ausflüge oder so, oft wegen ihrer langen Schichten oder weil sie zu müde war von der

Arbeit oder oder ... Wenn sie früher Schluss hatte, lag sie nach dem Abendbrot meist im Schein der Lampe auf ihrer Récamiere, trank ihr obligatorisches Glas Rotwein und las ihre Bücher, in die sie immer Unmengen von Notizen kritzelte. Mutter war bis '90 Dramaturgin am Staatstheater, dann hatte sie umsatteln müssen zur Kinderkrankenschwester. Aber sie träumte immer noch davon, einmal wieder für eine Inszenierung einen Text umzuschreiben. Einen Roman, den sie las, hielt sie erst dann für gelungen, wenn sie sich ihn als Bühnenstück vorstellen konnte.

Hinten, ganz weit hinten geht der graue Himmel in das Meer über, aber Dänemark ist nicht zu sehen. Sophie zieht sich die Schuhe und Socken aus und krempelt ihre Jeans bis zu den Knien hoch. Dann laufen wir schweigend durch das Wasser, das gegen unsere Knöchel schießt, die Füße unterspült und unsere Schritte in den Sand einsinken lässt.

Sophie weint, der Wind schiebt ihre Tränen landeinwärts. Sophies Eltern trennen sich gerade. Ich könnte jetzt was sagen, weil ich genau weiß, wie sich das anfühlt. Vater hatte sich kurz nach der Wende – Mutter besteht immer auf ›politische Umgestaltung‹ – von uns getrennt. Die Treuhand hatte sein Plastewerk im Westen der Stadt für einen symbolischen Preis an einen Niedersachsen verkauft, der fast die gesamte Belegschaft entließ. Es dauerte nicht lang und er war als Ingenieur bei einer Maschinenbaufirma in Dillingen gelandet und anfangs noch jedes zweite, später nur noch jedes dritte Wochenende zu Hause. Er wollte, dass wir nachkommen, aber Mutter wollte nicht, wegen Oma, wegen uns, hier sei doch unsere Heimat und überhaupt, der Westen. Beworben hat sie sich auch mal, in Lübeck, aber die haben ihr stattdessen eine Stelle an der Theaterkasse angeboten. Dann lieber in der Kinderklapse, hat sie öfters gesagt, da hätte sie auch Theater. Sophie schluchzt. Soll ich was sagen? Eigentlich ist Sophie doch gut dran, sie ist erwachsen, oder so gut wie. Das mit ihren Eltern überrascht mich seltsamerweise nicht. Könnte ich ihr jetzt auch sagen und dass ich irgendwie froh bin und erleichtert. Obwohl ich weiß, dass es ja gar nichts besser macht. Erleichtert, weil ich deutlich spüre, dass sie mich braucht.

Wir laufen bis dahin, wo der Strand aufhört und die Steine beginnen. Über uns die Steilküste, Wurzeln, die hoch oben aus dem sandigen Boden in die Luft ragen. Weil ich Angst habe, dass uns einer der Feldsteine, die in der Erde stecken, oder gleich ein ganzes Stück Küste auf den Kopf fallen könnte, sage ich, dass ich umdrehen besser finde, aber Sophie will weiter, sie sagt, dass keine Gefahr besteht, weil es nicht regnet, Rutschungen gibt es immer nur bei Regen. Dahinten ist die Stelle, von der man bis nach Dänemark sehen kann. Wir halten immer noch unsere Socken und Schuhe in der Hand. Manchmal müssen wir balancieren, auf den großen und rutschigen Steinen zum Beispiel, die mit einer grünglitschigen Algenhaut bedeckt sind.

Ich betrachte ihre schön geschwungenen Hüften vor mir, ihr blondes Haar im Wind, das vom gerade schwindenden Sommer heller geworden ist, und ihre Haut an den Schultern, die dunkler ist, nicht so käsig weiß wie meine. Ich habe sie beneidet dafür, und nun beneide ich sie noch darum, dass sich ihre Eltern erst jetzt trennen. Ich sehe das Fachwerkhaus auf einer Anhöhe über dem Lankower See, in dem sie aufgewachsen ist, die gemeinsamen Abendessen, die ihre

Eltern immer zusammen zubereitet hatten, mit Salat aus dem eigenen Garten und Dressing nach dem Geheimrezept ihres Vaters und selbstgebackenem Lupinenbrot. Gutmenschenleben hat das mal jemand genannt, hab vergessen, wer. Egal, sagen kann ich das nicht, weil es sie verletzen würde. Eigentlich kann man das keinem sagen, auch meiner Mutter nicht, die sich immer gewünscht hat, so ein Leben wie Sophies Eltern führen zu können.

Wir spielen zusammen im Landesjugendorchester, sie Cello, ich zweite Violine. Und in unserem Kammermusikprojekt haben wir uns im Es-Dur-Trio von Schostakowitsch zuletzt zusammen die Finger blutig geprobt. Na, so fast. Am Anfang habe ich gedacht, dass uns eigentlich nichts mehr verbindet als die Musik, ich war skeptisch, weil Sophie ständig ankam und mit mir was machen wollte: Kino, Theater, Konzerte. Komisches Zeug, nicht meine Themen. Sonst unternahm ich selten was mit Klassenkameraden, in der Schule, im Orchester, seit fast einem Jahr auch im Chor, wann immer ich nach Hause kam, hatte ich einfach genug von anderen Menschen. Erst als Sophie und ich uns etwa ein Jahr kannten, fing ich an, wenn wir uns nicht sehen konnten, das Zusammensein mit ihr zu vermissen. Sophie ist nicht nur meine beste, sondern meine einzige Freundin. Die musst Du Dir warmhalten, hat Mutter immer gesagt, und ich habe gedacht, sie sagt das, weil sie Sophies Eltern so toll findet.

Mutter hatte nach einer Zeit als Hilfspflegerin die Ausbildung zur Kinderkrankenschwester nachgeholt, und nachdem Oma gestorben war, wollte sie mit 44 noch mal von der Pike auf Medizin studieren. Die Wohnung in der August-Bebel-Straße hatte sie jedenfalls aufgegeben und mit mir zusammen nach einer Einraumwohnung gesucht. Nicht weit weg, zwischen Ziegenmarkt und Schelfkirche, fanden wir etwas, kein großes Haus, aber ich kenne die Nachbarn trotzdem nicht. Im Erdgeschoss wohnt ein Cellist vom Staatstheater, der manchmal probt.

Wir biegen um eine Landnase. Das Wasser umspült jetzt nicht mehr nur unsere Knöchel, sondern auch unsere Waden. Ich würde gerne umkehren, weil kein Ende dieser Steilküste in Sicht ist und es weiter hinten so aussieht, als ob das Wasser schon eine Höhle ins Ufer gegraben hat, und Dänemark immer noch nicht zu sehen ist, aber Sophie nimmt mich bei der Hand und ich widerspreche nicht und lasse mich mitziehen, das sonst flaschengrüne Wasser ist immer noch dunkel und genauso grau wie der Himmel, nur auf den Kämmen schäumt es weiß.

Sophie hat aufgehört zu weinen. Sie lässt mich los, spricht in den Wind, und weil sie ein paar Meter vor mir läuft, verstehe ich sie oft nicht gut; dann bleibt sie im Wasser stehen, dreht sich um und packt mich bei den Schultern, ihre Augen sind rot und verquollen. Dass das alles Scheiße sei. Ihr Vater bumse die Katechetin. Alle in der Gemeinde wüssten das jetzt und würden sie immer so mitleidig anschauen. Zu Hause totales Chaos, Philine wohne seit Tagen nur noch bei ihrem Freund, die Mutter sitze heulend in der Küche und beschwere sich, dass sie in dieser schweren Zeit alle im Stich lassen würden, auch ihre Kinder, jetzt sei es an der Zeit, dass die sich auch mal um die Mutter kümmerten. Und am liebsten würde Sophie auch weggehen, habe schon überlegt, ob sie bei mir wohnen könnte, aber da sie wisse, dass ich gern allein sei, habe sie mich dann doch nicht gefragt, sie fahre deshalb nächste Woche nach Köln zu Christoph. Ich kriege ein bisschen einen Schreck. Mein Bruder und Sophie?

Das Wasser klatscht gegen unsere Knie, die Hosen werden nass, Feuchtigkeit klettert im Stoff nach oben und meine Füße werden langsam kalt. Lass uns umdrehen, sage ich, aber Sophie schüttelt den Kopf, sie hält mich weiter fest, sagt, dass sie schon überlegt habe, alles hinzuschmeißen, das Orchester und die Schule, aber nicht mal ein Jahr vor dem Abi, das sei ihr zu blöd. Überhaupt müsse ihr Vater bald eine neue Pfarrstelle antreten, wegen der Geschichte mit der Katechetin und der Scheidung, da sei die Landeskirche pingelig. Und vielleicht suche sie sich jetzt auch einfach eine eigene Wohnung oder eine WG.

Wieder nimmt sie mich bei der Hand. Unsere Beine verdrängen das Wasser, dass es nur so spritzt und platscht, der Wind und die Wellen lassen für Momente nach und die Wellen kräuseln sich nicht mehr, ich denke an Christoph und muss mir plötzlich vorstellen, wie er mit Sophie schläft. Ich sehe seinen Hintern zwischen ihren geöffneten Beinen und versuche das Bild zu ersetzen, indem ich an Sophies Vater mit seinem roten Vollbart denke, so ein Pfarrerbart, versuche mir vorzustellen, wie diese Katechetin wohl aussieht, aber es klappt nicht.

Dann erzählt Sophie weiter davon, dass ihr Vater sich erst trennen wollte, nachdem alles rausgekommen war, weil die Putzfrau, die auch bei ihnen zu Hause saubermache, ihn und die Katechetin bei den Kindergottesdienstvorbereitungen schwitzend zwischen Buntstiften auf dem Straßenteppich angetroffen hatte, und die habe das natürlich sofort allen erzählt, und jetzt sei die Katechetin auch noch schwanger, ausgerechnet sie, von der alle immer gedacht hatten, dass sie lesbisch sei. Das habe die Mutter getroffen, die habe irgendwann einen Verdacht gehabt und den Vater gefragt, weil er immer beim Abendbrot und auch sonst so seltsam neben der Spur gewesen sei, und er habe das immer auf die Arbeit geschoben, wie in einem schlechten Film sei es bei ihr zu Hause zugegangen. Im ersten Gottesdienst nach dem Geständnis hatte ihre Mutter sich angetrunken in die letzte Bankreihe gesetzt und laut in die Predigt des Vaters gepöbelt, von der moralischen Verkommenheit der Kirche und von der Pflicht zu einer neuen Eheethik, so lange, bis auch die letzten der ungefähr sieben Gottesdienstbesucher gegangen waren, und Sophie war vor Scham fast im Boden versunken. Nachdem der Kindergottesdienst mangels Kindern ausgefallen war, hatten sich dann alle drei Erwachsenen in der Sakristei angebrüllt, Sophies Vater und die Katechetin waren irgendwann gegangen, der Küster war wohl vorher schon verschwunden, die Kirche nicht abgeschlossen, und jedenfalls hatte Sophie zwei Stunden später ihre Mutter einsam und betrunken schlafend in der Sakristei auf einem Stuhl gefunden, im Schoß das leere Messweintetrapack. Sophie hatte ihre Mutter geweckt und nach Hause geschleppt, weit war es ja nicht, und irgendwie könne sie es immer noch nicht glauben und schäme sich unheimlich, dass ihre Eltern quasi über Nacht durchgedreht waren, nur halt jeder anders. Jedenfalls wolle sie jetzt zu Christoph, und in der ersten Septemberwoche, bevor das neue Schuljahr losgehe, mit ihm zusammen nach Taizé.

Es rauscht kurz und nicht wirklich laut, ein Vorhang wird zur Seite geschoben, dann schießt eine Welle auf uns zu, über der feiner Sandstaub tanzt, das Wasser reicht uns plötzlich bis zur Brust und etwas zerrt an unseren Füßen, reißt uns um, wir versuchen uns wieder aufzurichten, und obwohl wir uns erschreckt haben und klatschnass sind, müssen wir über uns lachen, weil, als wir uns das Wasser aus den Gesichtern streichen, Sophie plötzlich über das Wasser zeigt, guck mal, Dänemark. Und wirklich, ganz hinten ist ein heller Streifen über dem Wasser zu sehen, sandfarben, sicher Steilküste wie hier. Einen Augenblick stehen wir da, schauen der Welle hinterher, die raus ins Meer läuft.

Diesmal ziehe ich Sophie. Wir kämpfen uns durch das Wasser. Ein Teil der Landnase ist abgestürzt, und der Baum, vielleicht der, dessen Wurzeln wir von unten gesehen hatten, liegt mit der halben Krone im Wasser. Wir müssen drum herumlaufen und schwimmen, weil der Weg versperrt ist, und weil wir Angst haben, dass noch mehr Ufer abstürzt, laufen wir bis zu der Stelle, wo der Strand beginnt, im fast hüfttiefen Wasser.

Sophie stellt den Motor an und die Heizung auf höchste Stufe, vor dem Auto pellen wir uns aus den Klamotten und Sophie bindet unsere Jeans und die Sweatshirts am Dachgepäckträger fest, unsere Schlüpfer klemmen wir über dem seitlichen Gebläse und die BHs im Winkel zwischen Armaturenbrett und Frontscheibe fest. Im Handschuhfach finden wir die Zigarillos von Sophies Vater und im Kofferraum unter den Decken, in die wir uns einwickeln, eine kleine Dose Rum-Cola. Ich sage sowas wie, dass ihre Mutter das wahrscheinlich brauche, um das Lenkrad ruhig zu halten. Sophie guckt erst gequält, dann müssen wir beide lachen. Wir fläzen uns in die Sitze, ziehen die Decken um uns fester, rauchen und hören Tocotronics *Wir kommen, um uns zu beschweren*, eine Kassette, die Christoph ihr für die erste Autofahrt nach der Führerscheinprüfung geschenkt hat, wie mir Sophie sagt. Ich kann die Attitüde des Sängers nicht leiden, sie klingt mir zu weinerlich. Ab und zu nippen wir an der Rum-Cola, von der ich fast gar nichts merke. Die Früchte des Sanddornbuschs gegenüber sehen gut aus, sie hängen reif am Zweig, sodass ich augenblicklich aussteigen und eine Handvoll pflücken muss. Kurz hebt Sophie an und will mir noch erzählen, wie ihre Mutter seither erfolglos versucht, den Küster rumzukriegen, indem sie sich zum Beispiel Probleme mit der Gasheizung ausdenkt, um ihn in die Pfarrwohnung zu locken, und dass sie ansonsten keine Gelegenheit auslässt, schlecht über ihren Mann zu reden, aber ich unterbreche sie, weil ich das nicht mehr ertrage.

Wir sitzen dann eine ganze Weile im Auto, die Heizung bollert, die Rum-Cola ist alle, die Sanddornbeeren sind doch noch zu sauer und mir wird nicht warm und wir reden wenig, jede hängt ihren Gedanken nach, unsere Körper nehmen die Vibrationen des Motors auf und ich denke an Richard, der letztes Schuljahr neu in Sophies Klasse gekommen war und von dem mir Sophie erzählt hat, dass er etwas von ihr wollte, wahrscheinlich weil sie ihn mal gefragt hatte, ob er nicht im Chor mitsingen wolle, aber an ihm selber hatte sie kein Interesse, er war ihr zu ausgefreakt, wie sie sagte, schon wie er ausgesehen habe, Werbe-T-Shirts, Trainingsjacken, Cordhosen und ein Ranzen, den er schon seit der ersten Klasse haben musste.

Als es dämmerig wird und die Wirkung des Rums nachlässt, schaltet Sophie die Beleuchtung ein und wir fahren zur

Bundesstraße zurück. Als wir schon ein paar Minuten fahren und unsere Sweatshirts und Hosen auf dem Gepäckträger mächtig flattern und auf das Dachblech klopfen, taucht Blaulicht hinter uns auf, schießt heran und für einen kurzen Moment denke ich, und Sophie denkt es wahrscheinlich auch, dass wir jetzt aussteigen müssen, weil Jeans auf dem Dach sicher unzulässig sind, und dass wir nur die Decken umhaben, aber die Polizei überholt uns einfach und rast weiter. Erst als die Blaulichter hinter einer Kurve verschwinden, stellen wir fest, dass wir nicht einmal angeschnallt sind.

An einem Drive-in am Nordufer des Schweriner Sees kaufen wir zwei Burger, die Verkäuferin guckt komisch zu uns rein, wie wir da in unseren Decken sitzen. Wir fahren auf einen Parkplatz, der im Dunkeln liegt, mit Blick auf das dunkle Wasser, hinter dem am Bildrand die Corona der Stadt aufleuchtet, und essen. Mir ist immer noch kalt und ich denke, dass ich keine Lust habe, je wieder den Führerschein zu machen, vor allem, solange alle Fahrlehrer so entsetzlich dumm sind. Aber Sophie fährt jetzt so souverän und ruhig, alles Hektische ist aus ihren Bewegungen verschwunden, und die Lichter der Armaturen leuchten so schön und geheimnisvoll, dass ich auf den letzten Kilometern vor Schwerin sogar einschlafe.

Das rote Licht der Straßenlaternen, das über mein Gesicht flitzt, weckt mich erst, als wir durch die Schelfstraße fahren. Es ist kurz vor Mitternacht und ganz still in der Stadt, als Sophie den Wagen direkt vor meinem Haus parkt. Immer noch nur in die Decken gewickelt und frierend knoten wir unsere Hosen los und gehen in der Hoffnung, dass niemand uns gesehen hat, nach oben.

Weil mir so kalt ist, will ich duschen. Sophie möchte nicht nach Hause und fragt, ob sie bei mir schlafen könne. Ich weiß erst nicht so recht, und ich sage dann Ja, gebe ihr ein Handtuch, sage aber, dass ich im Bad gern für mich bin. Als ich schon unter der Dusche stehe, kommt sie dann doch ins Bad, sie ist nackt, schiebt die Duschtür auf und steigt zu mir hinein, ihr sei kalt, sagt sie und macht die Duschtür wieder zu. Sophies Brüste sind genauso klein wie meine, aber im Gegensatz zu mir hat sie einen Schwimmring um den Bauch, der so groß ist, dass sich in der engen Dusche unsere Bäuche berühren. Trotzdem finde ich sie schön. Ein paar Minuten lassen wir das heiße Wasser über unsere Körper laufen, dann steigen wir aus der Dusche und trocknen uns ab. Ich bin so müde, dass ich nur noch ins Bett will, aus irgendeinem Grund klingelt jemand an unserer Tür. Es ist Richard. Er habe noch Licht bei uns gesehen. Ich sage ihm, dass ich gerade geduscht habe und dass mein Freund da ist, genauso, wie ich es ihm schon mal im Teepavillon erzählt habe, sage Tschüss und nehme den Daumen von der Taste der Gegensprechanlage.

Durch das angekippte Fenster höre ich unten Schritte vor dem Haus und frage Sophie, ob denn ihre Eltern das Auto morgen früh nicht bräuchten. Sophie, die sich auf die Seite und von mir weggerollt hat, schnauft, dass es ihr egal sei, zur Not müssten die halt anrufen, aber ihr Vater könne sie kreuzweise und ihre Mutter auch, sie wolle jetzt schlafen. Und außerdem fände sie es sowieso am besten, wir würden auch morgen wieder einfach irgendwo hinfahren.

Alle Figuren in diesem Buch sind Erfindungen des Erzählers. Keine ist identisch mit einer lebenden oder toten Person. Ebensowenig decken sich beschriebene Episoden mit tatsächlichen Vorgängen. Wer Ähnlichkeiten zwischen einem Charakter der Romanhandlung und sich selbst oder ihm bekannten Menschen zu erkennen glaubt, sei auf den merkwürdigen Mangel an Eigentümlichkeit verwiesen, der dem Verhalten vieler Zeitgenoss*innen anhaftet. Man müsste die Wirklichkeit beschuldigen, weil sie Verhaltensweisen hervorbringt, die man wiedererkennt.

J.B.

DANK

Meiner Frau, der stets zugewandt-kritischen Erstleserin, für die jahrelange Bestärkung und Begleitung, meiner Tochter für den Anstoß, Josef Haslinger und Ulrike Draesner für das Vertrauen in den Text. Meinem Lektor Michael Faber für die Begeisterung. Der deutsch-tschechischen Residenz im Kloster Broumov für die geschenkte Zeit.

Für Gespräche und all das, was zum Text hin- und wieder fortführt meinen Freunden: Philipp Meyer, Özlem Özgül Dündar, Honza Kranát, Lea Sauer, Theresa Rosa Weiser, Christian Gehrke. Und: Susanne Bierlmeier. Der Redaktion der Anthologie der Studierenden des Deutschen Literaturinstitut Leipzigs *Tippgemeinschaft* 2018 für die Erstveröffentlichung von *Damaris*.

~~~~~~~~~~

Herstellung Atelier Eilenberger
Schrift Sabon und Univers
Papier Fly
Printed in Germany

Dieses und andere schöne Bücher
finden Sie auch im Internet unter
www@verlagfaberundfaber.de

ISBN 978-3-86730-199-2

Die Arbeit an diesem Text wurde gefördert mit einem
Stipendium des Goethe-Instituts Tschechien

GOETHE
INSTITUT
~~~~~~~~~~